グウェン・ブリストウ&
ブルース・マニング/著
中井京子/訳

姿なき招待主《ホスト》
The Invisible Host

JN118216

扶桑社ミステリー
1664

THE INVISIBLE HOST
by Gwen Bristow & Bruce Manning
1930

J・W・Dに捧ぐ

目次

序文　カーティス・エヴァンズ　7
姿なき招待主《ホスト》　25
〈解説〉「恐るべき『子供』たち」の系譜　三門優祐　281

序文

カーティス・エヴァンズ

何人かの人びとが閉ざされた空間に追いこまれ、巧妙に仕掛けられた死の罠によって、ひとりまたひとりと順々に、残虐なほど正確に殺害されていくとしたら？　とはいえ、果てしなく続きそうな二十一世紀のホラー映画シリーズ『ソウ』について、さらに一編の論評を加えようというわけではない。ここで取りあげるのは探偵小説黄金期に発表された『姿なき招待主《ホスト》』で、そもそも一九三〇年に刊行され、同年、『九番目の招待客』という題名でブロードウェイで舞台化され、その四年後には戯曲と同じ題名で映画化もされた。あくまで私見だが、『姿なき招待主《ホスト》』の影響はそこで終わりはしなかった。アメリカとイギリス両国の舞台で『九番目の招待客』が上演されてから五年後、映画だけでなく、その原作となった舞台脚本や小説に不思議なほど似通った作品が、イギリスの人気ミステリー作家によって発表されたのである。この小説は単なる一時的な成功にとどまらず、ミステリー史上に燦然《さんぜん》と輝くベストセラーとなり、舞台化や映画化が相次いだばかりか無数のオマージュ（『ソウ』シリーズを含む）や模倣作品が生まれたのは言うまでもない。小説の当初の題名は今日では印刷をはばかるものであるため、現在、一般化している題名『そして誰もいなくなった』を使うことにする。もちろん、この小説の著者はアガサ・クリスティーで、今から四十五年前に惜しまれつつこの世を去ったが、世界的な「ミステリーの女王」として不滅の存在である。

『姿なき招待主《ホスト》』と『そして誰もいなくなった』の驚くべき類似について論じる前に、まずはこの第一の小説が登場した経緯を見ていこう。〈ミステリー・リーグ〉によってアメリカで初めて出版された『姿なき招待主《ホスト》』は、新婚の若きアメリカ人夫婦グウエン・ブリストウ（一九〇三年―一九八〇年）とブルース・マニング（一九〇二年―一九六五年）の共著による作品で、当時、ふたりはルイジアナ州ニューオーリンズを拠点とする新聞記者だった。皮肉屋で百戦錬磨の事件記者は三〇年代アメリカのミステリー映画ではおなじみである。単に笑いを誘って探偵を引き立てるだけの脇役という場合もあるが、彼らが探偵役を果たして実際に事件を解決することも珍しくない。シャーロック・ホームズやファイロ・ヴァンスのように、地道な警察官をあっさり置き去りにして大活躍する名だたる紳士たちがその代表である。アメリカの推理小説の世界でも記者たちはなじみ深い存在である。ただし、イギリスではそれほどでもなかったが、かつて絶大な人気を誇ったスリラー作家エドガー・ウォーレスが優れた例外を残している。わたしの知るかぎり、ブリストウとマニングは現実の犯罪を解決したことはないが、職業として犯罪を報道したのはたしかである。とりわけ、ブリストウは、一九二七年にエイダ・ルブーフとその愛人トーマス・ドレア医師が共謀してエイダの夫を殺害したとされる事件について、ルイジアナ州で裁判が開かれた期間中に名声を得た。二年続いたこの裁判は州内ばかりか全米の各新聞の大見出しを飾るほど世間の注目を集め、結局、エイダ・ルブーフはルイジアナ州史上初めて死刑を執行された白人女性となった。ブリストウは同僚とともに、ルイジアナ州の一流紙であるニューオーリンズの『タイムズ＝ピカユーン』でこのルブーフ＝ドレア裁判の報道記事を手がけた。

南部のバプテスト派牧師で病院理事の娘であるブリストウは、一見したところでは、いずれ犯罪報道の分野で名をなすとは思えなかったかもしれないが、しかし、若かりしころ、この因習にとらわれないブルネットの女性は伝統的なしつけや教育には抵抗を示した。バプテスト派の厳格な女子大学で、ブラックベルト地域のアラバマ州マリオン市にあるジャドソン大学を卒業後、彼女は両親を説得し、ニューヨーク市のコロンビア大学の大学院に入学してジャーナリズムを専攻したが、ただし、学費はみずから工面するしかなかった。彼女は獲得した奨学金と不定期の小さな仕事でそれをまかなった。一九二五年、そのころニューオーリンズに住んでいた両親と夏を過ごすためにニューヨークを離れたあと、コロンビア大学に戻るまで、休暇中の女性向け記事の執筆者に代わる臨時雇いの記者として『タイムズ＝ピカユーン』に採用された。しかし、この一時的な仕事は永続することとなった。当時の同僚記者は次のように振り返っているが、これは最大の賞賛ととらえるべきだろう。すなわち、ブリストウは「男を送りこむようなネタに対してあえて送りこむ女性記者だった。彼女は完璧に仕事をこなすことができた」。

ブリストウはエイダ・ルブーフ事件を〝男らしく〟報道したが、有罪の評決が下ったあとに書かれた母親宛の手紙で、この裁判は「これまでで最も恐ろしい経験」だったと認めている。しかし、ルブーフ＝ドレア裁判は動揺を招くものだったが、少なくとも彼女の場合には希望の光が見えていた。というのも、この期間中に将来の夫となるブルース・マニング（この当時の通称はブルース・マック＝マニング）と恋に落ちたからだ。マニングは短期間だがコロンビア大学でいくつかの講座を受講していて、おそらく大学在学中に出会っていたのだろう。列車の車掌ジョン・フランシス・マッカランとその妻ヘレン・マニングには四人の子があり、ブルース・マニングはそのひとりとしてニュージャージー州ジャージー・シティで誕生した。両親はアイルランド系のカトリックで、ゲオルギウム・ヘンリクム・マッカランという大仰な洗礼名を授かったが、のちに彼は〝民族的な理由〟と称して改名している。

一九二九年一月十四日、ブリストウとマニングはルブーフ＝ドレア裁判が行なわれたルイジアナ州フランクリンの裁判所で結婚した。有罪となった殺人犯二名が絞首刑に処せられてからわずか十八日後だった。おそらく、新婚のふたりはエイダ・ルブーフの処刑の報道に関わりたくなかったのだろうが、ハネムーンで留守にすると説明して記事の担当からははずれていた。マニングはカトリックとしてそれほど熱心な信仰は持っていなかったようだが、それでも、ブリストウの厳格なバプテストの両親は娘の結婚相手に大喜びするというわけにはいかなかった。ブリストウが結婚の話を伝えると彼女の母親は無念そうに両手をきつく握りしめたという。しかし、友人や職場の同僚たちからとても愉快で和やかなカップルと認められたこの夫婦の絆は、一九六五年にマニングが亡くなるまで三十六年間続くことになる。

やがて新婚夫婦はフレンチ・クォーターのアースリン・ストリート六二七番地にあるアパートメントに引っ越すが、この新居が彼らの最初のミステリー小説『姿なき招《ホ》待主《スト》』を生みだすインスピレーションとなった。夜遅くまで大音量でラジオをかける隣人に悩まされ、いくら苦情を言っても無視されるため、夫妻は鬱憤《うっぷん》晴らしに厄介な隣人の完璧な殺害をあれこれ考案した。この娯楽としての殺人を思いめぐらすことがミステリー小説を書くきっかけとなり、ふたりは新聞記者としての給与に少しでも現金収入を加えるというささやかな目標を立て、毎夜二時間、さらに日曜日には六時間を執筆に費やした（いずれわかるとおり、ラジオから執拗に響く声は本作の構想に大きく取りこまれている）。当初は犯罪小説のパルプマガジンへの掲載を期待しつつ、『ペントハウス連続殺人事件（*The Penthouse Murders*）』という題名で著作権エージェント〈ブラント＆ブラント〉に原稿を送ると、一九三〇年四月、これが受理された。

驚くことに本として出版されもしないうちにこの作品は『九番目の招待客』という題名で舞台化が決まり、多作で知られる脚本家オーエン・デイヴィスによって脚色された。一九三〇年八月二十五日、ブロードウェイのエルティンジ四十二丁目劇場で初日を迎えた本作は、公演数七十二回というごく限られた成功にとどまったが、全米各地の小規模な会場や各地の高校ではヒット作となり、今日でもなお公演されている。アメリカの映画監督ピーター・ボグダノヴィッチは、一九五四年に高校でこの芝居を演じたとなつかしげに振り返り、わずか十五歳のときに「アガサ・クリスティーのようなサスペンス作品」と雄弁に表現したという。ブロードウェイでの公演が幕を閉じてから約一カ月後の一九三〇年十一月、ブリストウとマニングの原稿は『姿なき招待《ホス》主《ト》』という題名で出版された。版元は〈ミステリー・リーグ〉として知られる、きわめて短期間で終わった出版社で、五カ月前の六月に誕生したばかりだった。全米に千五百店舗を展開する葉巻き店チェーン〈ユナイテッド・シガー・ストアーズ〉の後援を受けて、〈ミステリー・リーグ〉は犯罪小説を出版し、〈ユナイテッド・シガー・ストアーズ〉の系列店だけでなく、傘下の〈ウィーラン・ドラッグストア〉チェーン、さらに地方の百貨店で、ミステリー好きの買い物客を購買層とした。人目を引くアールデコのデザインが魅力的なカバーを付け、一冊五十セント（当時の本の通常価格に比べると四分の一）で販売したこれらの本は、現在ではマニア垂涎《すいぜん》のコレクターズアイテムとなっている。いちばんの理由はそのジャケットにあるが、ブリストウとマニングの『姿なき招待主《ホスト》』のように作品じたいが価値あるコレクションとなっているものもある。〈ミステリー・リーグ〉刊行の六冊めとなった『姿なき招待主《ホスト》』もアールデコふうの美しいジャケットをまとっていた。真っ黒な夜空を背景にして灰色の摩天楼がそそり立ち、一棟の高層ビルのペントハウスは血の色の照明で塗りつぶされ、巨大な赤い骸骨が忍び寄るという不気味な場面を描いたものだった。忘れられないほど奇怪で恐ろしげな全景は、エドガー・アラン・ポーの『赤死病の仮面』の挿絵を彷彿《ほうふつ》とさせた。ただし、『姿なき招待主《ホスト》』で死が起きる場所は、ポーの『赤死病の仮面』のようなゴシック調の城壁で固めた大修道院ではなく、現代的なアールデコのペントハウスで、ニューオーリンズの高層ビル、〝輝くばかりに新しいビアンヴィル・ビルディング〟の最上階である二十二階に鎮座する〝この街で最も高級〟な一室だった。このペントハウスに招かれるのは八人の客で、それぞれがまったく同じ文面の電報を受け取る。

〝おめでとう／ピリオド／今度の土曜日八時／ビアンヴィルのペントハウスであなたのためにちょっとしたサプライズパーティーを計画中／ピリオド／内輪の豪華な集まり／ピリオド／秘密厳守／ピリオド／ニューオーリンズでもかつてない独創的なパーティーをお約束します／招待主より〟

本作の第一章で紹介される順番に従ってパーティーの招待客を列挙しよう。〝三日月の市〟と呼ばれるニューオーリンズの社交界に君臨する名流婦人マーガレット（ミセス・ゲイロード）・チザム。尊敬を受ける保守派の大学教授ドクター・マレイ・チェンバーズ・リード。富裕な実業家で市民活動家のジェイスン・オズグッド。人当たりのよい作家ピーター・デイリー。辣腕の女弁護士シルヴィア・イングルズビー。大物政治家ティム・スレイモン。ディレッタントで美食家のハンク・アボット。そして、華麗な映画スターのジーン・トレントである。招待主の正体を知らないと全員が明言するが、やがてこの謎めいた招待主はペントハウスの客たちに向かって話しだす。ただし、本人が直接出てくるのではなく、ラジオの電波に乗って語りかける。集まった人びとに愉快なゲームを約束するが、それは朝までに全員が殺されないように知恵を絞らねばならないという、身の毛もよだつ内容だった。（ペントハウスの出入り口には電流が流れ、逃げようとする者は感電死する仕掛けになっていた。）夜が明けるまでに姿なき招待主によるおぞましくも楽しいゲームを生き延びる者は誰か？　読者はページを繰って見届けるしかない。

チャールズ・B・コーツは〈サタデー・ブック・テーブル〉のコラムで、『姿なき招待主《ホスト》』の独創性と〈ミステリー・リーグ〉の画期的な事業の双方について熱のこもった文章を書き、〈ミステリー・リーグ〉については「自動車王ヘンリー・フォード流の手法で書籍販売業に参入し、ヘンリー・フォード並みの成功を収めた」と述べている。

「角のドラッグストアに行けば、おそらくチョコレート味の麦芽乳と自動車部品とのあいだに、充分に読む価値のあるミステリー小説が見つかるだろう――本欄で取りあげる一冊は、グウェン・ブリストウとブルース・マニング共著の『姿なき招待主《ホスト》』である――

信じがたいかもしれないが、この小説は斬新なプロットを持ち――魅惑に満ちた大量殺戮が繰り広げられ、結末は控えめに言っても衝撃的である。この独創的なフィクションには百戦錬磨のミステリーファンですら心地よく頭を悩ます、いや、途方に暮れることだろう。

〈デトロイト・フリー・プレス〉の評者も、ブリストウとマニングには「恐怖小説のすばらしい着想があり……本書は五十セントという価格を大幅に上まわる価値がある。謎が解けないうちに床に就くことはないだろうし、暗がりで上階にあがったことを後悔しないとすれば強心臓の持ち主と言うべきだろう」と書いている。出版社による宣伝キャンペーンと流れ作業による生産方式、魅力的なジャケットの装丁と口コミの力が重なって、『姿なき招待主《ホスト》』は大成功を収めた。ブリストウとマニングがこの作品に期待した収入は三百ドルだったが、それどころか初版の印税だけで約四倍の千百五十ドル（現在の価値にして約一万八千ドル）になった。戯曲が上演されるたびに印税も入った。思いがけない収入に喜んだ夫妻は本業を辞めてニューオーリンズを離れ、ミシシッピー州の湾岸にある古びた邸宅に料理人兼家政婦とともに移り住んだ。

その地で自宅やビーチでのパーティーを催し、そのあいまにふたりは次のミステリー小説『グーテンベルク殺人事件（*The Gutenberg Murders*）』を執筆し、これもやはり〈ミステリー・リーグ〉から出版され、さらに『二足す二は二十二（*Two and Two Make Twenty-two*）』（一九三二年）と『マルディグラ殺人事件（*The Mardi Gras Murders*）』（一九三二年）を相次いで世に出した。後者の二作品を執筆したのは、ニューオーリンズに戻って倹約する必要に迫られたあとだった。しかし、これら後続の探偵小説の収益は期待を下まわり、なおかつ、不動産市場に深く関わってからほどなく世界恐慌が始まって、大暴落後に持続不可能な損失を被った〈ユナイテッド・シガー・ストアーズ〉が一九三二年に破産し、彼らは出版社を失った。三年もしないうちに〈ミステリー・リーグ〉は解散したのだった。

ブリストウは『タイムズ＝ピカユーン』の職に復帰したが、一九三三年、『姿なき招待主《ホスト》』はふたたび大成功を収めた。コロムビア映画が小説の映画化権を買い取り、ニューオーリンズでラジオのミステリー番組の台本を書いていたマニングを脚本家としてハリウッドに招聘《しょうへい》したのだ。結果的に、(映画版)『九番目の招待客』(ベイジル・ラスボーンが主演したシャーロック・ホームズ映画十四作のうち十一作を監督したロイ・ウィリアム・ニールによる作品)の脚本はほかの人物にクレジットされたが、それでもコロムビア映画はマニングと複数年の契約を結んだ。

この心躍る知らせを聞いたブリストウは、記者の仕事を辞めてハリウッドへと旅立ち、やがて、マーガレット・ミッチェルの大ベストセラー長編小説『風と共に去りぬ』(一九三六年)の流れをくむ、オールドサウスを主題とした時代小説の執筆を始めた。一九三七年から一九四〇年にかけて刊行されたいわゆる「プランテーション三部作」によってたちまち成功を収め、彼女の名前は一躍ベストセラーリストに入ることとなった。一方、ハリウッドの脚本家として働くマニングは週に千ドル(現在に換算すると一万八千ドル以上、年にして約九十万ドル)という安定した収入を得ていた。一九四〇年までに夫妻はビヴァリーヒルズのロデオドライブ七二六番地にある邸宅を購入している。つまり、同年一月にアガサ・クリスティーの『そして誰もいなくなった』がアメリカで出版されたとき、〝ミステリーの女王〟を剽窃《ひょうせつ》で訴えるほどの経済的必要性には迫られていなかったことになる。（夫妻がこのクリスティーの小説ばかりか一九四五年の舞台版や映画版についても知りえなかった、と主張する者はおそらくひとりもいないだろう。）

だが、これは剽窃の事例だったのか？　実際、ブリストウとマニングの『姿なき招待主《ホスト》』とクリスティーの『そして誰もいなくなった』との類似性に関しては、複数の人物が言及している。約四十年前、ミステリー作家のビル・プロンジーニは著書『ガン・イン・チーク（*Gun in Cheek*）』のなかで『姿なき招待主《ホスト》』のプロットは『そして誰もいなくなった』と「非常に似通っている」と指摘したが、しかし、「デイム・アガサは……この代表作の構想を思いついたとき、『姿なき招待主《ホスト》』の存在に気づかず、まして読んでいなかったことは間違いない。彼女ほどの偉大な作家はよそにインスピレーションを求めたりしないものだ」と力強く付け加えた。とはいえ、そこまで断定していいのだろうか？　なによりも、クリスティーが『姿なき招待主《ホスト》』について聞き知っていなくても、まして、読んでいなくても、作品から影響を受けることはありうるのだ。小説じたいはイギリスで出版されなかったかもしれないが、一九三四年の映画版は現地で確実に上映された。少なくともクリスティーがその映画を見て四年か五年後に無意識のうちに着想を得た結果、輝かしい金字塔となるミステリーを書きあげるに至ったと想像するのはありえないことだろうか？　アメリカの裁判で判決が下ったように、ロックスターのジョージ・ハリスンが〈シフォンズ〉による一九六三年のヒット曲「いかした彼」を潜在意識下で盗用し、一九七一年の世界的大ヒット曲「マイ・スウィート・ロード」を作曲したのと同様ではないのか？

　両作品の類似点を見ていけばわたしたちなりに独自の結論を導きだせるかもしれない。まず双方ともに閉鎖的な空間（『姿なき招待主《ホスト》』はニューオーリンズの摩天楼最上階にある現代的なペントハウス、『そして誰もいなくなった』はイギリスの沖合にある岩だらけの孤島に建つ現代的な屋敷）に閉じこめられた人びとの物語であり、彼らは正体不明であたかも全能のごとき襲撃者によっていわば系統立って〝処刑〟されていく。加害者は決して姿を見せることなく、機械的な手段（『姿なき招待主《ホスト》』はラジオ、『そして誰もいなくなった』はレコードプレイヤー）を使って話しかける。被害者は全員（『姿なき招待主《ホスト》』は八人、『そして誰もいなくなった』は十人）が罪深い秘密を持っている。どちらの小説も、匿名の送り主（『姿なき招待主《ホスト》』では〝招待主〟、『そして誰もいなくなった』では〝U・N・オーエン〟、すなわち、〝身元不詳《アンノウン》〟）から届いたペントハウス／孤島への招待状（『姿なき招待主《ホスト》』は電報、『そして誰もいなくなった』は手紙）を読んだりその内容について考えたりすることから物語が始まる。

両作品の最初の章は構成的にそっくりである。付記しておくが、『姿なき招待主《ホスト》』の冒頭場面は映画版にも受け継がれている（事実、本作は電信係が電話で電報の文面を聞き取るところから始まるが、その後に「いやだわ、今の男、気色の悪い声だったのよ」と同僚に話す台詞がそのまま映画の冒頭にも使われている）。全体の大筋が同じであればふたつの小説が似たような始まりかたをするのは当然だという反論もあるだろうが、それでも類似性は際立っていると言わざるをえない。他の小説と似通った趣向を使っている有名なクリスティー作品はこの一作きりではない。ロンドンのウェスト・エンドで演劇史上最長のロングラン公演を果たしている戯曲『ねずみとり』（一九五二年に初演後、二〇二〇年三月十六日に新型コロナウイルスによるパンデミックのために中断）は、アメリカのミステリー作家メアリ・ロバーツ・ラインハートと戯曲家エイヴァリー・ホップウッドによる画期的な芝居『ザ・バット』（ラインハートの小説『螺旋《らせん》階段』から翻案）と顕著な類似点がある。この作品は一九二〇年から一九二二年にかけてブロードウェイで八百六十七回、一九二二年にロンドンのウェスト・エンドで三百二十七回上演され、二〇年代、三〇年代、四〇年代の演劇と映画で広く見受けられた〝オールド・ダーク・ハウス〟ものと呼ばれるミステリーのサブジャンルの原点となった。エルキュール・ポワロを主人公とする探偵小説『アクロイド殺し』で使われた有名な〝アクロイド・トリック〟もクリスティー独自のものではなく、それ以前にノルウェーの作家シュタイン・リヴァートンによる小説『鉄の二輪戦車』（一九〇九年）とロシアの作家アントン・チェーホフによる『狩場の悲劇』（一八八四年）の両作品が先行している。『狩場の悲劇』は一九二六年、『アクロイド殺し』刊行から数カ月後にイギリスで出版されたが、リヴァートンの作品は一九二四年にイギリスの雑誌「ティップ・トップ・ストーリーズ・オブ・アドヴェンチャー・アンド・ミステリー」に掲載された。同年後半、この雑誌は「ソヴリン・マガジン」と合併し、一九二六年一月、アガサ・クリスティーの作品一編がメアリー・ウェストマコット名義で掲載されている。とはいえ、『そして誰もいなくなった』の場合は単に似通った要素が採り入れられたというだけの問題ではない。基本となるプロットのアイディアそのものが同一である。ただし、クリスティーが施した数々の独創的な変更は認めざるをえない。

原型となるブリストウとマニングのプロットに、〝ミステリーの女王〟は紛れもなく他の追随を許さない独自の創意工夫と天賦の才を注ぎこんだ。『姿なき招待主《ホスト》』はよくまとめられた巧みで刺激的なミステリーではあるものの、『そして誰もいなくなった』は真の天才による作品である。おそらく、ブリストウとマニングが犯罪小説に取り組んだわずか数年のあいだに彼らがミステリー界に寄与した最大の功績は、史上最高のミステリー小説と思われる作品を生みだすインスピレーションになったかもしれない著作を世に送りだしたことだろう。この理由によって、なおかつ、この作品じたいの本質的な価値によって、強く一読をお勧めする。

『姿なき招待主《ホスト》』の読書体験に諸君を招待する／ピリオド／楽しいひとときを過ごすはずである／ピリオド／読みとおす度胸があるならば

案内人より

姿なき招待主《ホスト》

登場人物

マーガレット・チザム ──────────── 社交界の有名人
マレイ・チェンバーズ・リード ──────── 大学の学部長
ジェイスン・オズグッド ──────────── 銀行家
ピーター・デイリー ────────────── 劇作家
シルヴィア・イングルズビー ───────── 弁護士
ティム・スレイモン ────────────── 政治家
ヘンリー（ハンク）・アボット ───────── ディレッタント
ジーン・トレント ─────────────── ハリウッド俳優
ホーキンズ ───────────────── 執事

1

「これで三十七語になります」と女性交換手が言った。

「文面をもう一度読んでもらえるかな?」電話ごしに声が問いかけた。

交換手が読みあげた。「おめでとう/ピリオド/今度の土曜日八時/ビアンヴィルのペントハウスであなたのためにちょっとしたサプライズパーティーを計画中/ピリオド/内輪の豪華な集まり/ピリオド/秘密厳守/ピリオド/ニューオーリンズでもかつてない独創的なパーティーをお約束します/主催者より」

「それでけっこうだ。八名全員に送ってくれたまえ」

「電報八通で三ドル三十六セントになります」

二十五セント硬貨十三枚と五セント硬貨三枚が金属音を立てて料金箱に投入された。

「ご利用ありがとうございます」交換手が言った。

受話器の向こう側から回線の切れる音が響いた。

「いやだわ」交換手は隣席の女につぶやいた。「だってね、今の男、気色の悪い声だったのよ」

「ひょっとして葬儀屋なんじゃない」

「いいえ、パーティーをやるんだって」交換手はキーボードを弾きながらメッセージを打ちこんだ。

十五分後、八通の黄色い封筒が八件の宛先に向けてすみやかに発送された。

ミセス・マーガレット・チザムは細くしなやかな指で黄色い封筒を開き、電文に目を通してもう一度読み返した。戸惑いの表情が眉間をよぎったが、すぐに愉快そうな笑みに変わった。

私室のやわらかな光に照らされたマーガレット・チザムには、彫りの深い横顔で後世の人びとを尊大に見下す古代の女王たちにも似た雰囲気が漂っている。煙草に火をつけ、紫煙をくゆらせながらあらためて電報を読む仕種にすら強大な権力者の風格があった。


〝おめでとう／ピリオド／今度の土曜日八時／ビアンヴィルのペントハウスで

あなたのためにちょっとしたサプライズパーティーを計画中／ピリオド／内輪の豪華な集まり／ピリオド／秘密厳守／ピリオド／ニューオーリンズでもかつてない独創的なパーティーをお約束します／招待主より〟

ばかげた電報だこと。でも、なかなか気が利いているじゃないの、とマーガレットは思った。この街きっての趣向に富んだパーティーの開催者として名高い彼女に、誰かが真っ向から挑んできているらしい。マーガレットは微笑を浮かべつつ考えた。

もちろん、ニューオーリンズ社交界の構図に詳しい者には今さら説明するまでもないことだが、ミセス・マーガレット・チザムが今シーズンでひとりだけ社交界デビューにふさわしくない女性がいると穏やかな形で表明するために、毎年主催するデビュタント舞踏会の招待客リストからキャサリン・スレイモンを除外したのは賞賛に値する行ないだった。これほど大きな影響を与えるとは不思議なくらいだ、とあとになってマーガレットは振り返ったものだ。社交界は嘆かわしいありさまになっていた。数年前ならマルディグラの祝祭の中心行事にアイルランド系の政治家の娘を受けいれることなど、誰も夢にも思わなかっただろう。太った二重顎の父親がどれほど金持ちの慈善家であろうが論外なのだ。しかし、人びとは当の娘を受けいれ、彼女はチザム家の舞踏会の夜までは陽気に踊りつづけた。この件についてマーガレットは事前にジェイスン・オズグッドと話しあっていた。彼の娘もその年のデビュタントだったのだ。その結果、マーガレットがデビュタントたちのために開く有名な舞踏会に招待客らが訪れたとき、キャサリン・スレイモンの姿はそこにはなかった。

だからこそ、土曜の晩のパーティーの席で、マーガレットはドクター・マレイ・チェンバーズ・リードこそが電報の送り主で、スレイモン一族をみごとに閉めだした彼女の手腕を褒めたたえるためだと思ったと伝えたのだ。ドクター・リードは名門出身という意識が非常に強く、マーガレットに喝采を送るはずだ。さらに、お世辞だと思われないように、電文の言いまわしには学者がわざとおどけたような印象があったとマーガレットは付け加えた。

土曜日の夜、マーガレットはそういうことを語るつもりだった。さしあたって今は電報用紙を折りたたみ、ひとり笑い声を立てながら白檀《びゃくだん》の燃えがらが入ったボウルのなかに煙草を押しこんだ。

ドクター・マレイ・チェンバーズ・リードはデスクに積んだ大学の書類の束を注意深く押しやりながら、秘書が持ってきた電報を開いた。ドクター・リードは冷ややかな学問の世界で敬意を集めているが、その評判を支えているのは、何ごとにつけても初めて聞いたという浅薄な印象を決して与えないからだと言っても過言ではない。彼は電文をざっと見てから目をあげ、「返事はなしだ、ミス・アシュミア」と厳めしく言ったが、ドアが閉まると彼の頬がゆるみ、不可解そうな渋面が浮かびあがった。

〝おめでとう／ピリオド／今度の土曜日八時／ビアンヴィルのペントハウスであなたのためにちょっとしたサプライズパーティーを……〟

若きヘンリー・アボットが大学の授業で反体制的な社会理論を説く傾向が明らかとなったときに、ひっそりと退職に追いこんだことは実に手ぎわがよかったとドクター・リードは自負している。しかし、若いアボットがこんなにも短期間で大学を去った理由について知る者はほとんどいなかったし、賞賛を示すことで大きな組織内の軋《あつ》轢《れき》をあえて公にする者もいなかった。乱れた教義の回廊からふたたび障害物を排除したドクター・リードの巧みな手腕をさりげなく褒めたたえたのは、わずか二、三人の大学の特別な友人だけだった。彼の敏腕を知る男たちで、そのひとりがジェイスン・オズグッドだ。

そういう事情から、土曜の晩のパーティーの席で、ジェイスン・オズグッドこそ電報の送り主だと思った理由をオズグッド本人に伝えるつもりだった。さらに、経済学の学部長職をドクター・リードに与えたのがジェイスン・オズグッドその人であり、学内での指導内容に父親めいた関心を持っていることを詮索好きな連中に悟られないように、発信人を単に「招待主」としたミスター・オズグッドの用心深さは賢明だと思ったことも付け加えるつもりだった。

こうしたことをドクター・リードは土曜の夜に言おうと思った。彼は心得顔で電報を胸のポケットにしまい、ベルを鳴らして秘書を呼んだ。ドクター・リードはあっさりと決断した。

秘書があわただしく入ってきたとき、ジェイスン・オズグッドは仕事のじゃまになる電報にいらだち、煩わしそうに眉間に皺を寄せながら株主への報告書を押しのけ、三通めの電報の封筒を破って開けた。

土曜の晩のパーティーでミスター・オズグッドは電報を送ってよこしたことでピーター・デイリーを非難するつもりだった。電報を受け取ってどれほど憤慨したか説明してやろうと思っていた。オフィスで執務中にフレンチ・クォーター地区の若手芸術家から謎めいたメッセージを受け取っても気晴らしにすらならない。それでも、市民フォーラムに融資したのは重要だったし、ピーターがオズグッド財団を称えるために企画したとしても意外ではないと思った、とミスター・オズグッドは言うつもりだった。「それに、もちろん、君の著作がブロードウェイで上演されるのはめでたいことだ。だから、オフィスで会議が終わったら上階に駆けつけることにしたんだよ」と付け加えるのだ。

ミスター・オズグッドは土曜の晩にそう言うつもりでいた。さしあたって彼は電報を読み、かたわらに置いて報告書に関心を戻した。ミスター・オズグッドのオフィスは輝くばかりに真新しいビアンヴィル・ビルディングにあったが、二十二階のペントハウスはまだ見たことがなかった。市街にある高層ビルのなかでも群を抜いて高級な造りになるだろうと建築家たちが話していたのを覚えている。

ピーター・デイリーはロイヤル・ストリート沿いの書店を見てまわり、帰宅するとマントルピースにメッセージが置かれていた。彼は新聞紙に包んだ本の束を床に置き、四通めの電報を開いた。

「送り主を特定するまでまるまる三分もかかったよ」ピーターは土曜の晩のパーティ

ーでそう話すつもりだった。「でも、友人たちの顔を思いめぐらせた結果、シルヴィアが浮かびあがった。で、絶対に彼女だと思ったんだ。だってね、シルヴィアは昔からの友達だ。ぼくの作品をよく読んでくれたし、自分でも出来がいいのかどうか確信がなかったころによく書けていると褒めてくれた。故郷に戻って間もない時期に、ぼくのためにパーティーを開こうとするなんて、いかにもシルヴィアらしい。われながらちょっと浅はかだとは思うけどね。戯曲が初めてブロードウェイで上演されていい気になるんだから」

土曜の夜、これがピーターの説明になるはずだった。だが、さしあたって彼は電報を読むと、バルコニーに出て、妙に荒廃した美しい昔ながらのフレンチ・クォーター界隈を見渡し、灰色にくすんだ聖堂の鐘楼から響く鐘の音に耳を澄ました。

「電報です、ミス・シルヴィア」

「ありがとう、チャッド」シルヴィア・イングルズビーは金色の髪がつややかな頭をあげて雑用係の少年に目をやると、つい笑みを浮かべた。「チャッド、事務所でガムを嚙まないでと何度言ったらわかるのかしら?」

「あ、そうだ、ミス・シルヴィア、すみません」彼はゴミ箱から紙切れを拾い、ガムを包んだ。「これでいいですか?」少年は小さく丸めた紙包みをゴミ箱に捨てた。

「ええ、そうね。それから、チャッド、例の申立書を五時までに用意するようにミス・ワージントンに伝えてちょうだい。そのころにミスター・リンジーがいらっしゃるから」

「はい、わかりました」チャッドは大きくうなずいてにこりと笑い、出ていった。

シルヴィアは微笑みながら五通めの電報の封筒を開けた。雑用係の少年が見せた憧憬《しょうけい》の色に彼女はばかげた喜びを覚えた。いかにも弁護士らしく、それでいて、ほとんどそれらしく見えない彼女に捧げられた典型的な尊敬の念なのだ。

電報に目を通したシルヴィアの顔がふたたび楽しげに輝いた。


〝おめでとう……／招待主より〟


「だって、あなたしか考えられないじゃないの、ティム」土曜の晩のパーティーで彼女はそうささやくつもりだった。

シルヴィアは優れた弁護士だ。論理的で沈着冷静。依頼人のなかにはやがて親密な友人になった者も何人かいたが、最も親しい友人はおそらくティム・スレイモンだろう。真の知性を好戦的な丸顔に隠し持った政治家だ。シルヴィアはティムに好意を持っているし、ティムはシルヴィアの能力を高く買っていた。

「でも、パーティーを開いてお祝いするなんて賢明かしら、と思ったものよ」土曜日の夜、ティムは彼女からこういう話を聞くはずだった。「もちろん、オズグッド陣営からさんざんに誹謗《ひぼう》されただけに、コスグレーヴが市長選に立つ法的資格があることを立証できたのはわたしたちの大勝利なんだけど。だから、わたしのためにパーティーを催してくれるなんて素敵だと思わずにはいられなかったわ」

シルヴィアはオズグッドとスレイモンの対立について考えながら電報をしまいこんだ。今回の自分の手法には悪徳弁護士めいたところがかなりあったことは自覚している。ティムのためだからこそあれだけ強引な手を駆使したのだと思う。憎めないティム。


決して葉巻きを嚙まないのがティム・スレイモンの特徴だった。市庁舎からオフィスに戻ったときには青紫色の煙が頭を取り巻き、さながら雲のなかを進む奇妙なランプの精のようだった。

二通の電報がデスクに載っていた。一通めは美術工芸家クラブの地方理事からで、市の予算をクラブに割り当ててくれたスレイモンの公共心に感謝を示す内容だった。彼は一読し、鷹揚にうなずいて電報用紙をかたわらに置いた。工芸家クラブのことは評価していた。絵画や陶芸、彫刻を習う機会がこれまでにあったわけではないが、クラブを運営しているのはおもしろいグループで、彼らの学校は評判がよく、ティムのような有能な政治家としては無視できない団体なのだ。おそらく、若いアボットが理事会を説得してこのような感謝の電報を送らせたのだろう、とティムは考えた。アボットはいいやつだ。ただし、大学で四カ月ほど教えていたのに最近になってなぜか教職からはずれてしまった。だが、春の展覧会で一等賞を授与されたばかりだから、クラブのためになることなら関心を持つだろう。

ティムはもう一通の電報を開いた。

土曜の夜に会ったら、この祝福の電報はアボットから送られたにちがいないと思った、とティムは説明するつもりだった。アボットのような向こう見ずな若者がいかにもやりそうなことだ。「得体の知れない感じを出したかったんじゃないかと思ってね。君と知り合えて実に楽しい。だから、指示どおりに会場に行って、招待主が誰か見当もつかなかったふりをして、君がカクテルを飲みながら実は自分だと打ち明けたときに驚いて見せようと思ったんだよ」と言うのだ。

ティムはそう考えつつ電報を横に置き、長い経験から人の喜ばせかたを身につけたのはよかったと思った。

フレンチ・クォーター界隈に慣れ親しんだ一部の人びとからハンクと呼ばれるヘンリー・L・アボットは、ロイヤル・ストリート沿いのヤシの茂ったパティオにすわり、バルコニーに通じる曲がりくねった階段にペンキを塗っていたが、そこへ、彼のアパートメントをいつも片づけている年寄りのメイドが七通めの電報を持ってきた。彼女は穏やかで心地よい響きのクレオール語で、電報が届いたばかりだと早口にまくしたてた。彼女の言葉を半分も理解できないハンクは「わかった」とだけ答えた。メイドが立ち去ると、彼は階段に加えた青の色味を注意深く見つめた。青が強すぎるようだ。ハンクは共産主義より塗装のほうがよほど詳しい。大学の講義で話した内容がどうしてドクター・リードには共産主義的に聞こえたのか、とついつい考えてしまうくらいだった。彼は苦い顔つきで青い階段に目をやりながら電報を開いた。

数回読み返して含み笑いを洩らした。春の展覧会で賞を取って以来、機嫌がいいのだ。「ジーンか」青みが目立つ階段に向かってハンクは言った。「ジーンだな」

土曜の晩のパーティーで、電報の送り主はジーンのほかには思いつかなかった、と彼女に言うつもりだった。「すごくハリウッド的だったからね。君の輝かしいキャリアが花開いたさなかに、ぼくもちょっとした賞をもらったことを忘れないでいてくれるなんて、いかにも君らしいじゃないか」

ハンクは電報をポケットに押しこみ、青い階段に加えた陰影の検討に戻った。


しかし、当のジーン、すなわち、美しく儚《はかな》げでつかみどころのないトーキー映画の女優ジーン・トレントは、休暇でニューオーリンズに帰っていたが、八通めの電報を受け取ったとき、ハンクのことは考えなかったと言った。彼女は電文を読んだとたんにマーガレット・チザムが思い浮かんだと、土曜日の夜に話した。

ジーンは地方の劇団からブロードウェイ、さらにハリウッドへと進出し、名声が長続きしないこの映画の都で三本のトーキーに主演して喝采を浴びたのだ。だが、ジーンはハリウッドで孤独だった。ニューオーリンズは彼女の故郷で、この魅力あふれる緑と黄金色の街で育った人びとと同じように、彼女もまた機会あるごとに帰郷していた。

前日、ジーンの最新映画がニューオーリンズで封切られ、彼女は会場に姿を見せた。祝福の電報が数多く届き、この電報もそのなかの一通にすぎなかった。今回ジーンがニューオーリンズを訪れるにあたって、マーガレット・チザムは愉快な友人たちを招いてパーティーを開いてくれると約束した。だから、土曜の夜にてっきりマーガレットからの電報だと思ったとジーンが言ったとき、誰も驚かなかった。マーガレットが招待状を電報で送るかどうかはまったく知らなかったが、そこまで思いがおよばなかった。ミセス・チザムの親しい友人たちと同様にジーンもまた彼女の指図に慣れていたからだ。

2

最後に到着したのはジーン・トレントだった。彼女はビアンヴィル・ビルディングの二十一階でエレベーターを降りると、つかのま足を止めた。エレベーターホールには屋上に向かう矢印があり、古めかしい照明に照らされて螺旋《らせん》階段の一部が見えた。ジーンはガラス張りのエレベータードアに映った姿に目をやり、微笑んだ。トーキー映画の契約で買えるドレスの種類は段違いだと思った。彼女は首を傾け、つややかな漆黒の髪に一瞥《いちべつ》を投げると、藤色のドレスの裾をふわりと揺らしてからエレベーター前を離れて階段に向かった。階段は薄暗く、のぼりきったところで彼女は一瞬ためらった。狭いホールの先には重厚な彫刻が施された巨大な鉄扉があった。薄明かりや彫刻に落ちるいびつな影には重苦しい雰囲気が漂い、彼女はかすかな身震いを感じながら扉に近づいてノックした。

鉄扉のあまりの威圧感にまるで要塞に入ろうとしているようだ、とジーンは思った。

重い銀色のノッカーをたたくと巨大な扉がすみやかに開いた。音もなく動く分厚い鉄扉はさながら金庫室のようだった。長身で白髪の執事がかたわらに立ってジーンを招き入れた。扉が閉まると彼女の口もとから驚きと喜びの吐息が小さく洩れた。足を踏み入れた石畳の小道は両側に壁が立ち、奥に進んで曲がると、花が咲き乱れ、板石を敷き詰めたパティオが夜空の下に広がっていた。フレンチ・クォーターで名高い昔ながらの中庭を模した造りだった。パティオにはヤシの木や花々があふれ、大理石のベンチが点在し、ペントハウスの四方に広がっているように見えた。ペントハウスじたいは庭園の中央に建つバンガローのようで、プライバシーを守るためにパティオの周囲を高い塀が取り巻き、一面を覆うツタが風にそよいでいた。ジーンは別のドアに近づいた。明らかにペントハウスの玄関だった。彼女は羽織っていたストールを執事に預け、期待感とともになかへ入った。

執事が開けたドアの向こうには広々とした明るい部屋があり、顔なじみの人びとがいっせいに彼女を迎えた。

「まあ、ジーン！」ミセス・マーガレット・チザムが声をあげた。「これはあなたのパーティーなの？」

「じゃあ、このもてなしは君が考えたことだったんだな」とジェイスン・オズグッドが言った。

「このルーフガーデンは実にすばらしい」ドクター・マレイ・チェンバーズ・リードも口を合わせた。

「ちょっと待ってください！」ジーンは笑い声を響かせながら、言葉の洪水をせき止めるように両手を広げた。「なんのことかわたしにはさっぱり」彼女はふたたび笑った。ハリウッドから世界じゅうを沸きたたせたあの軽やかなふわっとしたジーン・トレントの笑い声だった。「皆さん、落ちついて！　どうしてわたしに感謝なさるの？」彼女は困惑顔を浮かべ、ファンなら誰もが知っている愛らしい問いかけの仕種で両手を小さく広げた。

「でも、ジーン」ヘンリー・L・アボットが口を開いた。「今夜、ぼくらを招いたのは君じゃないのかい？」

「もちろん、違うわよ、ハンク。そんなばかな。マーガレットのパーティーなんでしょう？」

いっせいに陽気な笑い声が沸き起こってジーンを取り巻いた。

「ほら、マーガレット、言ったとおりじゃないですか」ピーター・デイリーがほがらかな声をあげた。

ジーンは不審げな顔つきでその場に立ち尽くした。ふんわりした藤色のドレスに身を包み、暗雲にも似た灰色の目が美しい魅惑的なジーン。やがて彼女は片方の肩をすくめ、唇をすぼめて大きな椅子に歩み寄った。「あなたがたって、今まで見たこともないほど失礼な人たちだと思うわ」

「でも、そうかもね」シルヴィアのあの有名な声が応じた。明るく、金属質の細い声。厚手の黒っぽいカーテンが掛かった窓辺に立つシルヴィアは、戦死者を定める女神ワルキューレを連想させた。金色の髪に白い肌、そして、強さをみなぎらせている。

「わたしも同じ意見よ。この趣向について誰かジーンに説明してちょうだい」

「それを言うなら誰が知っているのかな」ティム・スレイモンが手近の椅子に腰を沈めた。「わたしはクロスワードとか詰めチェスとか、そういったものは不得手でね」

「あなた、お願いするわ、ハンク」シルヴィアが言った。

「わかったよ。では、皆さん、お静かに」ハンク・アボットが部屋のまんなかに進みでてジーンと向き合い、残る客たちは多少の物音を立てながら室内に散った。ハンクは待った。いかにも彼らしい無頓着な物腰は、かつてシルヴィアから、まっとうな職業を苦労して身につけたところでハンクには無意味だろうと言われたことがあったくらいだ。なにしろ、自分は完璧だと思っているのだから、と。ハンクは客たちを見まわした。黒いベルベットのドレス姿が優雅なミセス・チザム。金色と象牙色の存在感が際立つシルヴィア。紫がかった神々の黄昏《たそがれ》に花々と芳香が渾然と溶け合ったジーン。さらにハンクは劇作家ピーター・デイリーに視線を移し、次にアイルランド系の名士ティム・スレイモン、野心的な富豪ジェイスン・オズグッド、そして、完璧な学者と言われるドクター・マレイ・チェンバーズ・リードにしばし目を留めた。

ハンクはゆっくりと口を開いた。「誰かはわからないが、この主催者は類いまれな活気あふれる人びとをこうして一堂に集めた。ここに八人の客がそろった。上流社会ではまず避けがたい笑うだけが能の間抜けとは格が違う人びとだ。われわれの招待主は社交に関して実に魅力的な選別をしたと言っていいでしょう」

「わたくしたちに魅力があることくらいわかっているわ、ハンク」マーガレットが几帳面な手つきで煙草に火をつけながら言った。「でも、これじゃ大仰な演説を聞かされているだけね。それとも、なぜわたくしたちが礼を失しているとジーンに思われてしまったのか、多少なりとも説明してくださったのかしら?」

「退屈だったら申しわけない」ハンクはまったく動じなかった。「しかしね、この状況をぼくなりの精緻な観察眼で検討すれば頭の整理にはなると思いますよ」

彼は室内を見まわした。黒と銀色に彩られた幾何学的な装飾で、さまざまに角度のついた鮮やかな家具が印象的だった。壁は銀色で黒の線がアクセントになり、銀色の鋭角の飾りが黒いカーテンの上に向かって長く延びている。椅子もテーブルもモダニズムを主張してそれぞれの角や隅がやけに出っ張っている。部屋の片側には縦長の大きなキャビネット型のラジオが置かれ、これも黒地に銀色のダイヤルが付いている。高級感の漂う部屋であり、どこか癇《かん》に障る部屋だった。どんなに装いを凝らしてもこの場にはふさわしくないと思わせられるような部屋。大型ラジオの向かい側にはダイニングルームに通じる両開きのスライディングドアがあり、さらにハンクの左側のドアには大きな黒鳥を見あげる銀白色のレダが飾られ、寝室へと通じていた。

「ジーン、君はどうして今夜ここへ来ることになったんだい?」ハンクが問いかけた。

「それは……昨日、『おめでとう』という電報を受け取ったからよ。ここのパーティーの招待状で、送り主は〝招待主〟だったわ」

「そのとおり。そこでだ、このささやかなパーティーの奇妙なところは、どこにも招待主の姿がないことだ。来賓ばかりというわけさ。ここに集まったわれわれ全員が、昨日、電報を受け取った。それぞれの記憶に間違いがなければ文面はどれもそっくり同じ。今は四旬節《しじゅんせつ》だが、ニューオーリンズはこういう街だから、パーティーの参加にはなんの制約もない。祝福を受けるほどの偉業をあれこれ思い浮かべて自画自賛するような浅はかな人物はいなかったということだ。とにかく、そんなわけでぼくらはこうして顔をそろえたけど、あいにく招待主は姿を見せていない」

「でも……」ジーンはためらいを見せた。「ひょっとして、いたずらじゃないのかしら。招待主が仮装してくるとか、天井から落ちてくるとか、それとも、料理を運ぶ小型エレベーターに乗って……」

「さすがジーンだ、ハリウッド、ハリウッド、ハリウッド」ジェイスン・オズグッドが葉巻きを振って調子を取りながら大声で言った。

「静かになさい」マーガレットが彼の両頬を扇で軽くたたいた。「つまりね、ジーン、みんながほかの誰かに招待されたのだと思っていたわけよ。最初に到着したのはジェイスンとわたくし。階下で出会って一緒にペントハウスまであがってきたの。わたくしはてっきりドクター・リードからの電報だとばかり思っていましたわ」

「まあ、おもしろい。あなたの偉業はなんでしたの？」ジーンが声高に言った。

マーガレットはティム・スレイモンに目をやり、柔和な微笑を口もとに広げた。マーガレットは結婚して以来二十年、決して狼狽《ろうばい》の色をあらわにしないように自分を磨いてきたのだ。

「何かつまらないことでしょうね。ハンクの言う途方もない自画自賛の類いでしょう」冷静に答えるマーガレットに、ティム・スレイモンが鋭く険しい眼差しを向けた。一方、シルヴィアはじっと聞き入るように凝視していたが、丁重そうでいて何が語られようと一片の関心も払わないしたたかさがのぞいていた。しかし、マーガレットは陽気な口調で話しつづけた。「ジーン以外の皆さんがそろったところでお互いに意見交換をしたんだけれど、このパーティーの招待主として候補に考えられていなかったのがわたくしだけだったとわかったの。だから、皆さん、このわたくしが本当の招待主なのではないかとおっしゃって……」

「そうじゃないのか、マーガレット?」とオズグッドが問いかけた。

「違いますわ、ジェイスン。とんでもない。こんなこと、今までに考えたこともありませんわよ。ですからね、ジーン、あなたが少し遅れていらしたとき、当然のようにあなただと思ったわけ。でもね、あなたが入ってらして『マーガレットからの電報だと思った』とおっしゃったから……」

ジーンが声をあげて笑った。そう、ジーンならではの奇跡の笑い声!

「素敵、素敵」ジーンは快活に言った。彼女は子供のように飛び跳ね、サテン張りの靴のつま先でくるりと回転して見せた。「とっても楽しいお話だわ。ひょっとしたら、ほかにも何十人という人たちがこの電報で集まってくるのかも」その声が陰鬱そうに低くなり、彼女は警告でもするように指を一本振った。「誰かが街じゅうの人に電報を送って、こういう派手なことをするのはあいつに決まっていると、五十万人の堅物から思われていることを立証したい人がいるとか。最高だわ！」

「つまり、五十万の市民がここに押し寄せてくるということかね？」ティム・スレイモンがにやりと笑った。「窮屈だから少し詰めて場所を空けてはどうだろうか」

「その前に何か飲み物ぐらいないのか確かめましょうよ」ハンクが不満げに言った。

「執事を呼んで、姿を見せない招待主が軽い食事の用意をしていないのか訊いてみよう。それとも、これはまったくのインチキなのか、とね」

「いい考えだ」とピーター・デイリーが応じた。「どこかに呼び鈴はないかな？」

「あれじゃないかしら」マーガレットが正面側の窓のあいだに垂れさがった幅広の紐《ひも》を指さした。ピーターがその紐を引くと、隙のない物腰の執事がスライディングドアから音もなく現われ、扉を閉めた。

「ねえ、君……えっと、名前は？」ハンクが問いかけた。

「ホーキンズと申します」

「ホーキンズか」ティム・スレイモンが応じた。「上流社会を皮肉る客間喜劇に出てきそうな名前だな」

のだわ」
「これはまさに客間喜劇よ」とシルヴィアが言った。「このパーティーの趣旨そのも
「ホーキンズ」ハンクが話しかけていた。「君も気づいているかもしれないが、これ
は一風変わった余興でね。何か飲ませてくれればぼくらの頭ももう少し働くと思うん
だ」
「ちょうどカクテルをお出しするところでございました」
「それはけっこう」とハンク。
「しかし、まずは招待主について訊いてみようと思ったんだが」ジェイスン・オズグ
ッドが異論を唱えたが、黒と銀色のドアは静かに閉じられた。
「ねえ、ジェイスン」ハンクが言った。「ジェイスンと言えばギリシア神話のイアソ
ンだ。いつもいつも子羊から黄金の羊毛を刈り取ることに忙しすぎて、たまには穏や
かな人生の楽しみに時間を費やしても悪くないってことを忘れてるんですよね。せっ
かくのパーティーであれこれ尋ねるのは飲み物が出たあとで、前じゃありませんよ。
つまり、今がそういうときだ」ちょうどそこへホーキンズがトレイを持って現われた。
「わたし好みの煙草が用意されているわ」シルヴィアが気づき、かたわらにある小型
テーブルに載った三角形の箱から一本を選んで取った。「ホーキンズ！　まだ行かな

いで。あなたに訊きたいことがあるの」

「承知いたしました、マダム」ホーキンズが素直に応じた。

ドクター・リードはいかにも退屈そうに深く息を吐きながら立ち位置を変えた。何かにつけて仕切りたがる有能な女性に対して憤りを表わすにはあまりにもわかりやすい態度だった。

「さて、ホーキンズ」ハンクが口を開いた。「今宵はとても楽しいひとときになりそうだが、しかし、まだ正体不明ながらとんでもない有力者がいそうなんだよな。われわれが訊きたいのは……」

「おい、ハンク、君に任せていたらこの話はひと晩かかっても終わらないよ」ピーターが割りこんだ。「質問はシルヴィアにやってもらおう」

シルヴィアは膝に手をやり、白っぽいサテン地のドレスの皺を伸ばした。

「ホーキンズ、今夜のパーティーを開いたのは誰なのかしら？」

「それはお答えできません」

「どうして？　秘密ということかしら？」

「承知していないということです」

「でも、ホーキンズ、あなたは知っていて当然でしょう！」ジーンが声をあげた。

「あなたを雇った人なんだから」

「招待主について知っていることはすべて申しあげるように指示を受けております」

ホーキンズは動じることなく答えた。「わたくしは今夜の晩餐のために、料理人一名とウェイトレス二名とともに雇われたのです。カステルデン・エージェンシーから電話で依頼されました。ホーキンズかトンプキンズという名前の経験豊富な執事はいないかというお問い合わせで……」

「まさに客間喜劇じゃないか！」ピーターが驚きをあらわにした。

「それはわかりかねます。とにかく、わたくしのところへ指示書が郵送されてきました。今夜、ここに来れば、八名のお客さまのご夕食に必要なものがすべてそろっているから、という内容でした。食料品貯蔵室のテーブルにはお客さまをおもてなしする指示書の入った封筒が置かれている、と。その予定表どおりにすべてを進行することになっております。大変に細かいご指示でございましてね。わたくしの口から申しあげてよろしければ、とても楽しい一夜が計画されております。シェフは近ごろ閉店したばかりの高級レストラン〝M・ラマット〟の筆頭シェフです。給仕係たちがただいまオイスター・ロックフェラー（殻付き牡蠣のグラタン）の盛りつけをしているところでございます」

「その謎めいた招待主は男か女か、どちらなのかね?」ドクター・リードが尋ねた。

「それは存じあげません」

「しかし、男にせよ女にせよ、この場には来るんだろう?」ピーターが訊いた。

「その点に関しましては、のちほど、招待主さまみずからお話しになるそうです」

「なんてパーティーなの!」マーガレットが驚きの声をあげた。

ハンクが楽しげに笑みを見せた。「いよいよ善良なる人びとがパーティーの手助けに現われるんだな」

「好奇心がそそられるね」とピーター。

「でも、楽しいじゃないの。こんな余興を逃す手はないわ」シルヴィアは乗り気だった。「もういいわ、ホーキンズ。それにしてもいったい誰が……」

「わたしの知り合いでないことはたしかだ。これほど非常識なことを考えつく者などわたしの周囲にはいないよ」ドクター・リードが言った。

「だが、このままとどまるべきだろうか?」オズグッドが懸念を示した。「なんとなく……」

「もちろん、最後まで見届けよう」とティム・スレイモンが言った。「わたしはシルヴィアに賛成だ。見逃す手はない」

「たしかに、ここまで来たんだから残ろう」ドクター・リードがうなずいた。

「決して動かない人、それがドクター・リードだ」ハンクが物憂げに言った。

ドクター・リードは不快そうに一瞥を投げたが、マーガレット・チザムがそつなく話題を変えてふたりのあいだに入った。彼女は大学教授のそばの椅子に腰かけた。ホーキンズがふたたびカクテルを持ってやってきた。彼はトレイをまわしながら銀色の壁に掛かった小さな黒い時計に目をやると、スライディングドアの真向かいにある大型ラジオに近づいて膝をついた。

「それはつけないでくれ。やかましいだけだ」ピーターが止めた。

「申しわけございませんが、ちょうどこの時刻にラジオをつけて指定のチャンネルに合わせるように、招待主さまから厳しく指示されております。これも今宵のプログラムの一部です」ホーキンズがダイヤルをまわした。

「へえ、そうなのか」とピーターは言った。

「もっともだ」マーガレット・チザムと会話していたドクター・リードが顔をあげた。

「ドクター・リードときたら」シルヴィアがかたわらのティム・スレイモンにつぶやいた。「決して動かない代物は不可抗力が相手でも今のところはびくともしないのね」

「こちらWSMB、アメリカで最もおもしろい街ニューオーリンズのラジオ局です」

ラジオから声が流れてきた。「聴取者の皆さん、今夜はアメリカン・ブロードキャスティング・カンパニーとの特別な提携により、ニューヨークのカーネギー・ホールで演奏されるクインビー・オーケストラのコンサートをお聞きいただきます」

「これはうれしいわ」とジーンが言った。「今夜、放送されると新聞で読んだ覚えがあるの」

ラジオから音楽が響きわたった。客たちはくつろぎはじめた。いつのまにかミセス・チザムが完璧な女主人という慣れ親しんだ役割を引き受けていた。マーガレットは優雅な物腰でゆったりと室内を動き、見ようによっては彼女が主催するパーティーと言ってもおかしくなかった。きわめて愉快なパーティー。彼女はシャンデリアの真下で足を止め、ティム・スレイモンに微笑みかけた。ティムは癖のある苦い笑みを返した。

「彼女、容色は衰えていないな」ティムは渋い顔つきでシルヴィアにささやいた。

四十六年という抗いようのない歳月は顔の細かいところにまで無慈悲な跡を刻みつけるものだが、それをくっきりと描写する照明の光をマーガレットは決して避けなかった。子供じみた小細工を弄するには彼女はあまりにも堂々として自信に満ちあふれていたし、若者が手に入れたいとうらやむような成熟した魅力と隙のない上品さを併せ持っていた。貴族的な特性をみごとなまでに体現しているため、彼女が一度しか結婚していないことをつい忘れてしまうのだ。

しかし、事実、彼女は一度しか結婚していない。マーガレットはルイジアナ州の湿地帯にある小さな町で少女時代を過ごしたが、やがてある秋、若きゲイロード・チザムが狩猟にでかけた折、この美しい女性と出会ったことがきっかけで彼女はチザム一族の女主人となり、一族が属していた上流階級の権威者となった。マーガレット・チザムは有無を言わせない権力という亡霊を追いつづけて生きてきた。ひたすら権力を求めて湿地帯から這いあがり、二十年を経た今ではなんの憂いもなく、確信は揺るぎない。ティム・スレイモンは彼女に目をやった。やがて立ちあがり、大型ラジオに寄りかかって音楽に耳を傾けた。ジェイスン・オズグッドが片隅にあるテーブルからマッチを取るためにそばを通りかかった。鋭く辛辣なティムの一瞥が彼をとらえた。

「やあ、ジェイスン」とティムが声をかけた。

オズグッドが振り向いた。

「お互いの名前を呼ぶと不作法になるような場で出会うのは久しぶりだな、ジェイスン」

オズグッドは肩をすくめた。

「悪口を言いたけりゃ好きに言えばいいじゃないか。あんたはあのこましゃくれた女弁護士とつるんでまんまとコスグレーヴを市長選に押しこんじまったくせに」

「シルヴィアのことはいい」ティムは素っ気なく答えた。「君こそマーガレットと組んでみごとにわたしの娘を侮辱してのけたんだから、少しは気が晴れたんじゃないかと言おうとしただけさ」

オズグッドは険しい目つきを向けたが無言だった。

「言うまでもないだろうがね」ティムはゆっくりと語りかけた。「今夜、君がここへ来ると知っていたら当然ながらわたしは来なかったよ」

「だろうな。わたしとのおしゃべりなんて楽しくないだろうが、それはお互いさまだ。しかし、あいにくわれわれはこの場から体裁よく立ち去るなんてことができないんだ」

オズグッドはマッチのあるテーブルへと歩き去った。ティムは背を向け、手近のキャビネットにある小さなスケーターの置物をながめた。

ラジオから響く音楽はいよいよ盛りあがっていた。

「とてもきれいだわ」ジーンがひとりごとのようにつぶやいた。彼女は大きな低いソファに腰かけ、耳を傾けている。

「そんなに気に入ったのかい?」すぐそばで声が聞こえた。

ジーンは顔をあげた。

「あら、こんばんは、ピーター」彼女は冷ややかに応じた。

ピーター・デイリーがかたわらに立って彼女を見おろしていた。「君のじゃまをするつもりはないよ」彼は片頬をゆがめて苦笑いした。「ただね、ぼくがここに来たとき、君が来るとは知らなかったとひとこと言いたかっただけさ。知ってたらのこのこ出てこなかった」

ジーンは膝の上で両手を強く握りしめた。

「言いたいのはそれだけ?」

「ああ」

「だったら、ほかのどなたかとおしゃべりなさったら?」

「そうだね。そんなに不安そうな顔をするなよ。君と同じ部屋に同席するなんて本当に久しぶりだから、ぼくはてっきり……」

「作法ぐらい心得ているわ。パーティーですものね」ジーンは冷静に答えた。

「そのとおり」ピーターはうなずいて立ち去った。

ジーンはからまった黒く短い巻き毛を払いのけ、小さく身震いした。肩に手をかけられて目をあげると、シルヴィアが立っていた。

「すわってもいいかしら、ジーン?」

「ええ、もちろん。とてもお元気そうね、シルヴィア。この街に帰ってきてからまだあなたとおしゃべりする機会がなかったわ」

「そうね。わたしが口を出すことではないけれど、ちょっとお話ししてかまわないかしら?」

「ええ、どうぞ。何かしら?」

「ピーターのこと」

「シルヴィア、あなたはそういう人じゃないと思っていたのに」

「何が?」

「あなたは彼の弁護士よね。でも、パーティーを利用してわたしを説き伏せようとするなんて」

「まさか。あなたを説得しようとしているんじゃないわ。言おうとしたのはこういうこと。つまりね、あなたはパーティーに来た。ピーターも来た。ふたりとも、ここで顔を合わせるとは知るよしもなかった。だから、礼儀知らずのようなふるまいはおやめなさいな」

知らず知らずジーンの口もとに笑みが浮かんでいた。「シルヴィア、弁護士としてのあなたは大嫌いだけど、人間としてはとても好きよ」

「あなたって、かわいらしい人ね、ジーン。でも、手ごわいわ」

「ええ、あなたよりも」

「さあ、どうかしら。でも、あなたにはそぐわないみたいね」

「あなた、おいくつなの、シルヴィア?」唐突にジーンが尋ねた。

「誰にも言わない?」

「ええ、絶対に」

「三十四歳よ」

「シルヴィア、あなた、すばらしいわ」

「もちろん。それがわたしの仕事ですもの。すばらしくなければ家賃を払えないわ」

ジーンが声をあげて笑った。シルヴィアは席を立った。「ドクター・リードに挨拶してこないと。いいわね、ジーン、淑女らしくふるまいなさい」

ラジオと向かい合うスライディングドアが音もなく開き、ホーキンズが晩餐を告げた。ドアが大きく開かれると、ダイニングルームは彼らがいた客間とほぼ仕切りのないひとつの部屋となり、テーブルから大型ラジオがよく見えた。食卓は丸テーブルで、座席札が整然と並べられ、それによるとティムはシルヴィアとピーターのあいだ、反対側にマーガレット、その両側にオズグッドとドクター・リードという席順だった。ラジオからの音楽が室内を満たしたが、会話を妨げるほど騒々しくはなかった。ダイニングルームへと移動するとき、たまたまハンクはドクター・リードと並ぶことになった。

「お久しぶりですね、ドクター・リード」ハンクが話しかけた。

「ああ」

「あなたがいらっしゃるとわかっていたら、たぶん、ぼくは来ませんでしたよ」

「そうかね」

「先生はぼくのことをまったく認めてくださいませんからね」

「そんな話、ここでする必要があるのか？」

「いえ、全然」ハンクは愛想よく答えた。「先生がご不快でなければそれでいいんですから」

ふたりはほかの客たちと一緒にダイニングルームに入った。ハンクはジーンとシルヴィアのあいだにすわり、ドクター・リードはマーガレットとジーンのあいだの席に腰をおろした。彼らが着席する前にホーキンズは追加のカクテルを配っていた。

ピーター・デイリーがグラスを掲げた。

突然の雨が外のパティオを濡らしはじめた。強い春の風が吹きこみ、銀色の装飾が入った黒のカーテンを大きく揺らした。

「なんともパーティーにふさわしい晩だな！」ピーターが皮肉っぽく言った。「ホーキンズ、窓を閉めてくれたまえ。皆さん、まずは謎の招待主に乾杯し、それから食事をいただきましょう。どうやら招待主の席は用意されていないようだし」

客たちは杯を傾けたが、シルヴィアだけは手にしたグラスを興味深そうに見つめていた。

夜空を稲妻が切り裂き、カーテンが外の嵐に立ち向かうようにまくれあがった。テーブルに並ぶ蠟燭の炎が風に揺れ、リボンのようになびいた。ホーキンズが窓を閉めて立ち去った。シルヴィアはまだグラスを持ったまま視線を注いでいる。

「なんだか変よね」彼女はゆっくりと口を開いた。「このグラス、どれもみんな、血のように赤いなんて」

3

「たしかに変だ」とハンクが言った。「でも、何もかもが変だよ」

シルヴィアは肩をすくめた。「じゃ、招待主に乾杯」

全員がいささかぎこちなく席に着いた。またもや雷が夜の闇を引き裂き、暗赤色のグラスに一瞬の光を放った。

「ねえ、ひょっとして、今日の招待主はわたしたちのなかにいるんじゃないかと思ったりしない？」シルヴィアはつまんだ黒いオリーヴをじっと見つめた。

雨が屋根をたたいている。シルヴィアの問いかけに短い沈黙が流れ、雨音だけが大きく響いた。風を受けてヤシの木がきしみ、伸びた枝の葉が窓ガラスを気味悪く打ちつけている。

「さすがは弁護士さんだな」ハンクが感嘆の声をあげた。「正直なところ、ぼくは思いもしませんでしたよ」

「でも、わたくしたちの誰かだなんて、ありえるのかしら?」マーガレットが疑問を口にした。「ここにいる全員が招待の電報を受け取っているんですもの」

「受け取ったと言っているだけですよ」シルヴィアが訂正した。「でも、誰かが残る七人に電報を送ったか、あるいは、自分自身にも送ったのかもしれない。興味をそそられる可能性ですわ」

「なんだか全員が疑わしく見えてきたな」とティムが言った。「わたしは間違いなく電報を受け取った。てっきりハンクからだと思ったよ」

「ぼくはジーンからだと思った」とハンク。

「まるでミステリーみたいになってきたな」とオズグッドが言った。「マーガレット、このパーティーは君が企画したのか?」

「そうじゃないとさっきから何度も申しあげているでしょう。わたくしが開いたものであればよかったのに」

「女性が考えそうな集まりに思えるがね」ドクター・リードが異を唱えた。

「そうかもな」オズグッドが賛同した。

「ぼくが思うに、このなかに招待主がいるとしたらシルヴィアでしょうね」ハンクが意見を述べた。「マキャヴェリのような狡猾さを感じる」

「でも、わたしは今夜のマキャヴェリではないわよ」シルヴィアがそっけなく答えた。

「仮に君がそうだとしたら潔く認めるかね？」ドクター・リードが尋ねた。

「あとで告白してみんなを驚かせるつもりなら今は認めません。先生のおっしゃる意味はわかりますよ。もし招待主がこのなかにいるとしても、実に巧妙に隠している」

「だったら君じゃないか」ピーターが言った。「その手の才覚には長《た》けているんだから」

シルヴィアは笑いながらかぶりを振った。「このパーティーはわたしには無理よ」

彼女は冷静だった。「うちの料理人にこれほどみごとな牡蠣料理は作れませんもの」

シルヴィアという、玉虫色にきらめく凍てついた泡のような存在を突き破った者はひとりとしていない。「ぼくが知っている女性のなかで、これまで真夜中にヒステリーを起こしたことはないと断言できるのは君だけだ」ピーター・デイリーが指摘した。

「真実味に欠けるお言葉ね」シルヴィアは冷ややかに答えた。

ジーンはシルヴィアに羨望の眼差しを向けた。シルヴィアの微動だにしない冷静さには戸惑うときがあるほどだ。この平然とした落ちつきを揺るがすものはこの世に何ひとつないのだろうか、と彼女は思う。シルヴィアの才能は人を翻弄する派手な才気に表われるのではなく、並外れた博識に基づいて問題を解決する、手堅く熱意のこもった有能さにあった。敵対者の自信に深く食いこんで揺さぶりをかけるのは辛口の知性なのだ。

「あなたは劣等感というものを持たない数少ない人間のひとりだな」ピーター・デイリーが粘っこい口調で言った。「心理学のアドラー博士から敬愛されるだろうね」

シルヴィアは彼女ならではの冷たい微笑を見せただけで返事はしなかった。ウェイトレスが魚料理を運んできたが、まるでこういう席でさえミセス・チザムが最高の女主人であるかのように、真っ先にマーガレットの前に皿が置かれた。

「わたし、シルヴィアがうらやましい」ジーンがハンクに話しかけた。「たとえ夢にまで見た聖杯が手に入っても彼女は眉ひとつ動かさないわ」

「それが君の秘かな嘆きかい？　ずっと聖杯を追い求めているとか？」

ジーンは微笑んだ。「言うまでもないでしょうけど、いきなり華やかな照明を浴びることはできないし、いつか幻影は崩れるものなのよ」

「君を見ているファンは誰もそうは思わないだろうね」

ジーンは弓形の黒い眉をほんのかすかに動かした。「それも仕事のうちですから」

「そんな話はやめてちょうだい」シルヴィアが言った。「なんだか残酷に聞こえるわ。せっかくのお魚なのに、黄金のかごではなく無粋な釣り針で釣ったみたいじゃないの」

　全員が笑い声を立てた。それから数分ほど、会話は微風に揺らめく蠟燭の炎のように不規則に続いた。「とにかく」とピーターが唐突に口を開いた。「姿なき招待主のおかげでぼくらは老後の話の種になるような珍しい経験をさせてもらっているわけだ」

「いかにも奇妙な感じになってきたな」オズグッドがうなずいた。「招待主不明の晩餐、外から打ちつける激しい雨、室内を忍び足で動きまわるホーキンズ。君の言うとおり、楽しい老後の思い出話を作ってくれた招待主に感謝することになりそうだ」

「わたくしが年を取ったら、ポケットにペパーミントのお菓子を入れて街角に腰かけ、近所の子供たちに配りましょう」マーガレットが鷹揚に言った。

「ポケットにお菓子を詰めたマーガレットか」ピーターが含み笑いを洩らした。「老後の話はやめてください。ぼくは年寄りになりたくない」

「老いを考えるだけで悲しくなるよ」ティム・スレイモンが同意した。「わたしは年を取るのが恐ろしい」

　ピーターは身震いしそうだった。「誰だって年は取りたくないでしょう。肘掛け椅子に小さく身をうずめ、すり切れた命の綱にしがみつきつつ、そのうちにゆっくりと息絶える……」

「そのとおり」ハンクがあいづちを打った。「やがて、偉大なる主婦である死に神が当惑したカビの塊をゴミ箱へと掃いて捨てる」

「まあ、ハンク、お黙りなさい！」シルヴィアが声を荒げた。「あなた、陰鬱な助祭みたいよ」

「舞台裏では稲妻に雷鳴、背景には謎と蠟燭の光」ティムが茶化すように言った。

「われわれ八人が次に会うのはいつかな？　老後か？　老いぼれたらお互いあまり美しくはないだろうな。考えてみたまえ、ジーン――たとえ君でもそこまで長生きしたら『マクベス』の魔女役が似つかわしいだろう」

「やめて！」ジーンが叫んだ。

「老いというのは悲惨だな」ピーターが考えこむような口ぶりで言った。「膝がぐらついて目は力なく涙目で……誰からも愛されず、必要とされず、震えながら墓へと落ちていく」

「それでも朽ちかけた命の糸に必死でしがみつく。不思議ですよね？」ハンクが問いかけた。

「思うに、信仰心を声高に主張はしても、その実、誰もが恐怖を抱き、霊魂消滅をなかば予期しているからだろう」ドクター・リードが重々しく言った。

「そういうことって、自尊心を大きく損ねるから深く考えないようにしてしまうのよ」シルヴィアが指摘した。「自分がいなくてもこの世はなんの問題もなくこれまでどおり動いていくなんて、誰だって思いたくないもの」

「でも、実際に動いていくんだ」ティム・スレイモンがにやりと笑った。「君がいなくてもね、シルヴィア」

「たぶん、頭がよければ若くして死のうとするんでしょうけどね」ジーンがつぶやいた。「そうすれば老いを知らずにすむでしょうに」

「必ずしも若くなくていい」とティム。「たとえば、人が……なんと言ったらいいのかな？」

「キャリアの絶頂期とか？」シルヴィアがうながした。

「それだ。ピーターが描写したような悲惨なありさまで衰えていく前に人生を終える」

「人間は頂点を極めたときに死ぬべきだ」ピーターが応じた。「リンカーン然《しか》り、ルドルフ・ヴァレンティノ然り。そうすれば、老齢という墓場に生きながら葬られる苦しみを知ることはない。たぶん、ここにいるわれわれは円熟期に死ぬだろう」

「おやめなさい！　気味が悪いわ」マーガレットが厳しい口調でとがめた。

「でも、ピーターの言うとおりですよ」ハンクが口を開いた。「今夜、このなかの誰かが死んだとしてもすばらしい記憶が残るでしょう。無駄に長生きしたら、いったいどんな思い出が残ることやら」

「やめてちょうだい！」ジーンが叫んだ。「みんな、やめて。わたしは死にたくない。どうして今すぐ死ななきゃいけないの？」

金色の稲妻が走り、雷鳴がすさまじい轟音を響かせた。ジーンは体を震わせた。

ドクター・リードが顔をあげた。「じわじわと忍び寄る苦い挫折感を味わわないためさ」

「そのとおりだ」ピーターが思案ありげにうなずいた。「今夜このときに優美な死を迎える者がいたってべつにおかしくはない。ぼくらはそれぞれの道を極めたわけですからね」

「いいかげんにしたまえ」不意にオズグッドが強い口調で制した。「この晩餐のテーマが死だなんて、いったい誰が言いだしたんだ？」

マーガレットがゆっくりと笑みを浮かべて視線をあげた。「いつのまにかわたくしたちがこういう状況を招いたんでしょうね。招待主のいないパーティーにこうして集まったけれど、当然ながらなぜ自分が招かれたのかと不思議に思い、その理由を探そうと自問し、それからほかの招待客の思惑をひとりひとり考えてみる。もちろん、こういう状況下で人は自意識過剰になりますからね。わたくしはずっと詮索しておりますわよ」

「わたしもですわ」ジーンが認めた。「テーブルの顔ぶれを見まわしながら、どの人がこんなばかげたパーティーを開いたのか探ってますの。どうしてわたしが招待されたのか、このままとどまるべきなのか、そもそもの理由は何か、ずっと考えてます」

「どうしてぼくらのなかに招待主がいると思うんだい？」ハンクが問いかけた。「そりゃ、ぼくだって気持ちは同じだよ。好奇心をそそられるし、気味が悪いとも思う。でも、このパーティーを開いたのはぼくら以外の人間だと思うし、その招待主がいずれ姿を現わすはずだと待ちかねているんだ。だから、執事やウェイトレスがドアを開けるたびにビクッとしてる」

「わたしは陪審の評決を待つ被告人の気分だね」ティム・スレイモンが笑った。

「でも、どうして？　だって、パーティーなのに」ジーンが不審げに口を開いてから率直に付け加えた。「おっしゃる意味はわかります。何から何まで謎めいた雰囲気が漂ってますものね。あの奇妙な電報、わたしたちが誰も足を踏み入れたことのないペントハウス、なじみがないうえに雇い主のことも知らない使用人たち……」ちょうどそこへホーキンズが入ってきたため、ジーンは言葉を濁した。執事はウェイトレスを指示してウズラ料理の配膳を終えると、一本めのシャンパンをきれいに拭いてジェイスン・オズグッドに差しだし、温度の確認を求めた。

「ルイ・ロデレールだ」オズグッドが満足そうに言った。「それも、ブラックトップ。ホーキンズ、君の雇い主はワインの目利きだな」

「恐れ入ります」ホーキンズは愛想よく答えた。彼が退室するとシルヴィアが口を開いた。細かく泡の立つシャンパングラスの縁ごしに視線をのぞかせている。

「妙なことだらけね。この晩餐の風変わりな状況といい、ハンクの言うような謎の人物を待ち受ける空気といい」

「これまで誰も口にしていないが、ひとつ、不可解な点があるな」ティム・スレイモンが耳障りな声で言った。「この集まりに関してきわめて奇妙な特徴と言えるものだ」演説のうまさではニューオーリンズ屈指の政治家だけに、その友好的な話術はほかの客たちの関心を強く惹きつけた。

「どういう意味かね、ティム?」ジェイスン・オズグッドが尋ねたが、その答えはすでに知っていて、あらためて聞かされるのは不快だと言わんばかりの顔つきだった。

「つまり、ありふれた社交の集まりのような場にわれわれ八人を招くという、理解しがたいもてなしの趣旨だ。こういう言いかたは礼に欠けるだろうが、時折、わたしは苦労して身につけた上流階級の礼儀から逸脱して、少しばかりの事実を指摘せずにはいられなくなるんでね。愉快なパーティーを開くことだけが目的で、そのためにわれわれを一堂に集めて、どうか皆さん楽しく過ごしてくださいなどと言う物好きがいるとは思えない。たしかに、これまでのところはとても愉快でおしゃべりも弾んでいるが、しかし、この裏に潜む敵意のようなものを感じてはいないかね？　わたしは感じている。表立っては見せないものの、互いにさりげなく距離を置き、なんらかの目的を懸念している。はっきりと分析はできないが、これほど不釣り合いな集まりは誰も経験したことがないのではなかろうか？」

　ティム・スレイモンがテーブルの周囲を見まわした。全員が身を乗りだし、熱心に耳を傾けていた。すでにわかってはいるが決して認めていない事実を聞かされているような顔つきだ。ピーターがマッチを擦った。音楽の静かな流れを摩擦音がかき乱した。

　ティムはさらに続けた。「この部屋には八人いる。八人の魅力ある人物たちと言うべきだろうが、われわれは社交的にうまが合うふりをしているわけで……」

　彼はいったん言葉を切った。ふたたび音楽が沈黙を満たした。

「とはいえ、誰もが自覚しているとおり、死ぬときも一緒にいようとは絶対に思っていないはずだ」ティムが鮮明な声で断言した。

マーガレット・チザムの白く細長い指先で煙草がほんのかすかに揺れた。

「だとしたら、なぜわれわれがそろってここに招待されたのだろうか?」ティム・スレイモンが締めくくった。

残る七人が不安げな眼差しを彼に向けた。まるで煙が充満したように空気が重苦しくなった。マーガレットはほとんど手をつけていないカマンベールチーズに目をやってからシャンパンに口をつけ、グラスを置いた。

「気の利いたアイディアを誰かがゆがんで解釈したんでしょうね」ハンクは気軽さを装うように言った。

「あちらの部屋で音楽を聞きませんこと?」マーガレットがうながした。

全員が彼女に従って移動したが、一様に落ちつきがなく、室内には不自然な予感が漂った。ピーターはラジオのキャビネットに片肘をついて黙想するように煙草を吸った。ハンクはあてもなく歩き、飾り物の類いを見てまわった。ジーンはラジオに近いソファの端に腰かけ、ぼんやりと音楽を聞いている。ドクター・リードはいつもと変わらない様子でゆったりと椅子にすわっている。大学のデスクで冷静に持論を展開するときと同じだった。社交上の分別をわきまえたマーガレットは、ジェイスン・オズグッドを相手に静かに話をしている。マーガレットはパーティーにはかけがえのない存在だ。主催する側の恐怖でもあるこうした活気のない静寂を回避する天才なのだが、そんな彼女でさえ、この場を支配する緊迫感を完全には無視できなかった。音楽が派手に盛りあがったところでいきなり止まった。この唐突な中断に客たちは驚いたようだ。ジーンが目に驚きの表情を浮かべて立ちあがった。藤色のドレスに身を包んだ彼女は、魔法のかかった庭園から消えていく霊体を思わせた。

「このパーティー、気に入らないわ。わたし、帰ります」と彼女は言った。

「まあ、ジーン！　いやな思いをしてお気の毒に」マーガレットが声をあげた。

シルヴィアが近づいてジーンの手を取り、笑顔を向けた。「ばかなことを言わないで。こんなおもしろい機会、見逃してたまるもんですか。もしも帰るんだったら、このあと招待主の正体がわかっても絶対に絶対に教えてあげませんからね。わかった？」

「でも、何か変よ……現実離れしているわ」ジーンがためらいがちに訴えた。

「だからこそ愉快じゃないか。わたしは残るよ」ティム・スレイモンが言った。

「ぼくも興味をそそられる」とハンクが声を合わせた。「ここで帰ってせっかくのお楽しみを逃してしまうのはもったいないな。いずれ招待主から挨拶があるって、ホーキンズが言ってたじゃないか」

「どうだろう、ホーキンズを呼んで、あとどれくらい待てばいいのか訊いてみては」ドクター・リードが提案した。「ジーン、わたしだったら帰らないよ。最後まで見届けたほうがおもしろいからね」

「じゃあ、ホーキンズを呼ぼう」ピーターがうながした。

「見て！」ジーンが声をあげた。「ダイニングテーブルが片づけられているわ」

全員がダイニングルームに目を向けた。すでにテーブルはなく、代わりに低い台が置かれ、電気式のコーヒードリッパーからフラスコと黒っぽいガラス製のボウルに湯気が流れていた。ボウルは銀製の外枠に支えられ、それがアルコールの入った丸い小さなトレイに載っていた。すでに数種の香辛料が煮立ちはじめていて、そばには厚手の銀のレードルと、黒いガラスの燭台に立つ銀白色の細長い蠟燭が並んでいる。

「カフェ・ブリュロ（コーヒーカクテルの一種）だ！」とハンクが叫んだ。「誰か手伝ってくれ。この招待主は最後まで手を抜かないんだ。その正体を尋ねる前にまずはこれを仕上げよう」

「素敵だわ！」シルヴィアが興奮気味に嘆声をあげた。「ハンク、あなた、作ってく

だ さる?」

「もちろん、喜んで」ハンクがダイニングルームのほうから大きな声で答えた。彼はティムの手を借りて台を客間まで運んできた。「さあ、やりますよ」彼はラム酒をボウルに注ぎこんだ。それは透きとおった黒いガラス製の大きなボウルで、銀色の細い縁取りが施されていた。ティムが銀白色の蠟燭に火をつけて後ろにさがった。

「すばらしいわね」マーガレットがつぶやいた。

「用意ができた!」ハンクが声高らかに言った。「明かりを消してください。スイッチはドアのそばかな?」

ピーターがスイッチを消した。室内が闇に包まれ、ハンクがトレイのアルコールに蠟燭を近づけた。暗がりのなかに円形の青い炎が明るく浮かびあがった。炎は揺れ動く輪となって薄いヴェールのようにボウルを包み、やがて引きこまれるようにラム酒の表面を舐めた。薄く青い火の膜がボウルのラム酒に広がり、ハンクがコーヒーを注ぎ入れるとその膜が小さく波打った。ラム酒が燃え立ち、一瞬、周囲を取り巻く人びとの顔が炎に照らされて緑色に揺らめいた。

「紳士淑女の皆さん」暗闇から声が聞こえた。

誰もが跳びあがるほどに驚いた。

抑揚のない奇妙な声で、ゆっくりと音節ごとに区切りながら発音していた。

「こちらはＷＩＴＳ放送局です。今夜のおもてなしの第一部は気に入っていただけたことでしょう。皆さん、あなたがたが聞いているのは招待主の声です」

4

まるで爆発でもしたかと思うほどに全員が驚愕して炎の輪から飛びのいた。ジーンは小さく悲鳴を洩らし、ハンクは音を立ててガラスの燭台を置いた。一瞬、客たちはその場に立ちすくんだが、やがてシルヴィアの明るい声が闇を切り裂いた。「明かりをつけてちょうだい！」

「今のはラジオからだったよ！」とハンクが叫び、ピーターが照明のスイッチを入れた。

「たしかにラジオからだ！」オズグッドが同意した。「しかし、どうやって……」

白っぽい火炎に包まれたカフェ・ブリュロが不思議な違和感をもたらしていた。トレイのアルコールが燃える小さな音は、興奮する人びとの耳障りな声にかき消された。

「気の利いた演出じゃないの！　天才だわ」マーガレットが言った。

「頭の切れる若い男だろうな」オズグッドが口を合わせた。

「男ですか?」と問い返しながらハンクはカフェ・ブリュロをそれぞれのカップに注いだ。「ぼくには女の声のように聞こえたけどな。ジーン、コーヒーを」

「ありがとう。そうね、女性の声かもしれないけど。でも、聞いたことのないような不思議な声だわ」

「わたしはびっくりしてしまって、そこまで注意深く聞いていなかったわ」シルヴィアは満足そうにコーヒーの味を見た。「どうせすぐにまた話を始めるでしょうからどんな人かわかるわよ。男か女か、そういうこともね」

「いったいどこにいるんだろうな」ドクター・リードが不審げに言った。「通常の番組が終わってから地元の放送局の枠を借りるということが可能なんだろうか?」

「自前の小さな放送局をどこかに作って、それにチャンネルを合わせたのかもしれないな」ティム・スレイモンが指摘した。全員が笑い声を立てた。ティムの晴れやかな社交性がごく簡潔な発言にも輝きを添えていた。

「でも、ホーキンズがWSMBに合わせてから誰もラジオのダイヤルに触ってはいませんよ」マーガレットが言った。「周波数は変わっていないはずです」

「ホーキンズを呼んで訊いてみよう」ピーターがうながし、呼び鈴の紐を引っ張った。紐から手が離れたとたん、ラジオから雑音が聞こえた。

「紳士淑女の皆さん」ふたたび招待主の声が響いた。一語一語ゆっくりと明瞭に話す単調な声だ。八人がいっせいに注意を向けた。

「わかった!」ピーターが叫んだ。「ぼくらのなかにいるんだ。腹話術だよ」

「ほら、ちゃんと聞いて」シルヴィアが制した。

「皆さんにお約束したとおり」声が話している。「今夜はニューオーリンズでも過去に例のない最高のパーティーをお楽しみいただきます。そのお約束を果たすにあたって、まずは今宵のおもてなしがどういうものか簡単にご説明しましょう」

声がいったん途切れた。「楽しそうじゃない?」とシルヴィアが言った。

「今晩、皆さんには愉快なゲームをしていただきます。あなたがた八人の知性が喜ばしい刺激に満たされるゲームです。皆さんはこの街の知力を代表する選びぬかれた人びとです。成功し、洗練を極め、高い教養を持っている。今夜、そのすばらしい知的な能力がかつてないほどに試されます。あなたがたの人生のなかで最高に活気づく一夜の始まりです」

「素敵!」ジーンが声をあげた。

「少なくともぼくのことを正当に評価してくれる人がいたわけだ」とハンクが言った。

「シッ、静かに!」オズグッドがたしなめた。

「紳士淑女の皆さん、あなたがたは、優雅にはしゃぐだけの浮かれた泡のようなことばかり聞かされる集まりには飽き飽きしているはずです。究極のもてなしとは気晴らしでもあり、同時に独創的な挑戦でもあります。これからもてなしを受けようというのに、食料品店の店員のような心構えでいなければならないとしたらばかげています。もてなしに対しては批判的な好奇心で応じる権利があるのです。そこで、今夜、皆さんをわたしとのゲームにお招きしました。相応のリスクを覚悟のうえであなたがたの総合能力とわたしの能力を競うゲームです。ただし、言っておきますが、かねてからこの街最強の知恵者たちを打ち負かす確信がわたしにはあったし、今夜は自分の実力を示すために全力を尽くす。紳士淑女の皆さん、今夜ここで胸躍るゲームに参加することを命令する。死のゲームだ」

誰もが驚いた。マーガレットが息を呑み、ピーターは押し殺した声を洩らして跳びあがった。

「わたしの聞き間違いかな?」ドクター・リードがしゃがれ声で尋ねた。「死のゲ、ゲ、ム……と言ったのか?」

「ひどい冗談だ」とティムはつぶやき、ジーンに目をやった。ジーンは動揺を隠しきれない様子だった。

「こちらＷＩＴＳ放送局」声は静かに話を続けた。「諸君、このゲームは殺戮《さつりく》の競技ではなく能力を競うものだ。君らは慎重に選抜された。格別に鋭敏な知性を持つ男性と女性だけが相手としてふさわしいからだ。夜が明けるまで、金でも権力でも名声でもなく、知力だけが勝敗を分ける。諸君の知力が勝つか、わたしが勝つか。わたしが勝てば、君ら全員の死を声高らかに宣言させていただこう。朝までにね」

　マーガレットは小さく叫び、ジーンは息が詰まりそうな顔つきで片手を喉に当てた。残る六人は理解が追いつかないかのように押し黙って互いに視線を交わした。やがて、オズグッドが肩をすくめ、コニャックをグラスに注いだ。

「ゾッとする話じゃないか。われわれが怖がるとやつは考えているんだろうか？」

「実際、怖がっているように見えますけど」シルヴィアが不敵な笑みを浮かべた。

「かなり不気味なもてなしだな」ティム・スレイモンが不安そうに言った。

「こちらＷＩＴＳ放送局」ふたたび声が聞こえた。全員が耳を澄ました。シルヴィアは隙のない慎重な手つきで煙草に火をつけ、細い一条の煙を吐いた。「諸君のなかにはわたしの提案を一笑に付す者もいるようだ」ラジオから流れてくる言葉は整然とした行進のようで、一語一語が乱れることなく語られた。「しかし、真剣に受け止めることをお勧めする。ルールに注意を払い、勝つ努力をすることだ。軽率な対応は惨事へとつながるだろう。フェアプレーの精神で警告しておくが、ルールに違反した者は即座に敗北となる。もちろん、敗北とは忘却だ」

その意味を理解して全員がこわばった。不意にハンクが立ちあがった。

「こんなやつの相手はやめよう。やり口が気に入らない」

「そうよ。帰りましょう」マーガレットが賛同した。

「そうしましょう」ジーンはあわただしく席を立った。

「ホーキンズはどこだ?」オズグッドが唐突に問いかけた。「ピーターが呼び鈴を鳴らしたのにあいつは出てこなかった」

「諸君」声が割って入った。恐怖に魅せられたように人びとは立ちすくんだ。「まだ最初のイニングも始まらないうちに逃げだそうとするとは悲しいことだ」

「わたしたちの話が聞こえてるんだわ!」ジーンが叫んだ。

「いったいどこにいるの?」マーガレットも言った。「きっとここにいるんだわ……このどこかに」

「ラジオのキャビネットの後ろか……いや、違う」ハンクが応じた。「あのなかか……いや、それはありえない」

全員がそろってラジオに近づいた。しかし、ラジオの背後には壁があるだけで、キャビネットも大人ひとりが身を隠すには小さすぎた。底板には小さなニッケルめっきの管が二本はめ込まれ、電線が通っていた。

「警告しておくが」声が話を続けた。「撤退はルール違反になる。説明しよう。唯一の出口は君らが入ってきた正面扉とパティオの塀にあるドアだが、そこには十人の人間を殺せるだけの電気が流れている。触れただけで感電死する。君らが勝てば許可を与えるが、それまではどのドアにも触らないことだ」

「なんてことを！」ティムが驚きの声をあげた。「悪ふざけにもほどがあるぞ」

「悪ふざけだろうとなんだろうと、この人にはわたくしたちが見えているのよ」マーガレットが言った。「少なくとも聞こえているんだわ」

「単純なことですよ」ハンクが口をはさんだ。「マイクを通して声が聞こえてくるんだから、ぼくらの声もマイクごしに伝わっているのかもしれない。この電線を切って、あとは好きにおしゃべりをさせておけばいいんだ。その隙に……」

またもやラジオから雑音が響いた。

「諸君」招待主の声だった。「このラジオに接続している電線類には絶対に触らないでもらいたい」

「なんでこんなやつの相手をしなきゃいけないんだ？」ハンクが不満げに訴えた。

「あれやこれやと小うるさいばあさんみたいだ」

ティム・スレイモンは手近の椅子に力なくすわりこんでいた。「なんとも奇妙なもてなしだな」

「接続部は危険な作りになっている」声が続いた。「電気回路の一部でも切れれば、キャビネットに仕掛けた四個のガス爆弾の起爆装置として作用する。爆弾ひとつで歩兵中隊が一気に吹き飛ぶ破壊力だ。ラジオの機能を少しでも妨害するようなことがあれば」――ここでまた一瞬の不気味な沈黙が流れた――「これまたルール違反になる。紳士淑女の諸君、このパーティーはわれわれが楽しむために隅々まで心を砕き、特別に企画したものだ。誰ひとり、参加者の楽しみをじゃまするようなことがあってはならない。諸君は選ばれたのだ。この場にとどまり、わたしとゲームをしなければならない」

「退屈なやつに限って仲間を欲しがるんだ。せいぜいがんばるがいいさ」ハンクがつぶやいた。

「でも、これは不愉快だわ！」マーガレットがきっぱりと言った。

「諸君はこの場にとどまってわたしとゲームをしなければならない」ふたたび声が言った。「しかし、夢中になれるゲームであることは約束しよう。招待主にせよ、招待客にせよ、決して退屈することのない稀有《けう》な一夜になると約束する。制限のある暮らしや浅薄な人生を歩んできた者は諸君のなかにはいないし、したがって、君ら自身の存在を賭けた難題に喜んで立ち向かうことだろう。諸君も同意見だろうが、人生の大きな難題とは、すなわち、死だ」

ふたたび声が途切れた。じらすような威嚇するような短い沈黙。屋根の上で雷鳴がとどろき、雨が窓をたたいている。全員が前のめりになって聞き耳を立て、また声が話しはじめた。

「言ったとおり、人生の大きな難題とは死だ。しかし、それは真実ではない。なんら分析もしないままたびたび会話で繰り返されるため、いつしか事実のごとき扱いを受けるようになった格言を示唆したにすぎないのだ。だが、諸君、少し考えてもらえば死が難題でも悲劇でもないことくらい、君らにもわかるだろう。死とは感傷的な芝居に幕をおろす豪華な緞帳《どんちょう》なのだ」

「ひどい話だ!」ピーターが怒りを口にした。

シルヴィアがうなずいた。「まるで殺人を正当化しているみたいだわ」

「死は長らく不吉なものとして扱われてきた。厳粛で、静まりかえり、明らかに不快なもの。そこで今夜は君たちのご賛同をいただいて新たな死の形をご紹介しよう。愉快で無頓着で気の利いた死を。実際、死は幕間の余興として演じられるのだ――」招待主の声が途切れ、弾けるような奇怪な笑い声が代わりに響きわたった。「いわば極上の気晴らしというわけだ。このおどろおどろしいニューオーリンズという街で最も口やかましい八人の客を楽しませるために周到に計画された幕間喜劇。今夜、諸君は死を相手に笑えるようになるだろう。年齢はまちまちの悪霊みたいなものだ」

ドクター・リードが煙草にマッチを近づけた。小さな火が震え、少しでも気が軽くなると言わんばかりに彼はマッチを投げ捨てた。

「人生とは悲劇的不条理と言うべきだろう」さらに声は続いた。「だからこそ、人生の最期に虚礼と不安の儀式を行なうという実にばかげた慣習がある。そもそも死とは軽薄であるべきなのだ。へまばかりの舞台監督が最後に指を鳴らすようにな。死とは命の瀬戸ぎわでからかってばかりいる陽気なユニコーンと言っていい。そういうわけだから、諸君、今夜は死にふさわしい遊戯を君らとわたしでやることにしよう」

「ビスケットで闘牛でもやるのか?」ハンクが小声で言った。「この男、悪ふざけの常習者みたいだ。家族はみんな心臓発作で死んでこいつだけが生き残ったにちがいない」

「最後はそろって死に神の活人画になるのかもしれないな」とピーターが言った。

「ホーキンズが主役で保険会社が正規のスポンサーだ」

「あの鉄扉には本当に電流が流れているんだろうか？」ティム・スレイモンが顔をしかめた。「それとも、あの『おめでとう……』の文面で始まった心理戦の第二章なのか？」

「いくらでも大口はたたけるから」ピーターがにやりと笑った。

「でも、あの扉のこと、あなたは信じてないでしょう？」シルヴィアが問いかけた。

「うむ、どうかな。試しに君が開けてみては？」ピーターが答えた。

シルヴィアは控えめに笑った。「いやよ。わたしだって不安になってきているんだから」

「あいつのせいでみんながいらだっているとも」とオズグッドが言った。「いずれ姿を現わしてわれわれを笑い飛ばすんだろうよ」

「笑えるのもそのときが最後だ」ピーターがきっぱりと断言した。

「この威《おど》しが本気だとは思っていないわよね？」シルヴィアが安堵したように尋ねた。

「もちろんさ。不愉快きわまりない愚かな行為だ」

「昔からラジオは嫌いだったわ」とジーンが言った。

「そうだろうとも。ラジオがあれば人は家に閉じこもって映画館には行かないからな」ティムが軽口をたたいた。

ジーンはゆがんだ笑みを浮かべた。「茶化さないで、ティム。あなたは力を与えてくれる支えなのよ。わたし、なんだか気味が悪くて……あの声、まるで死人が話しているみたいだし……」

「誰か彼女を診《み》てくれるお医者さんはいませんか?」ピーターが声高に言った。

「紳士淑女の皆さん」平淡でもの柔らかな声が人びとの会話をさえぎった。「どうやら諸君はわたしの提案を単なる悪ふざけと受け取り、真摯《しんし》にゲームと取り組むつもりがないようだから、君らの関心を九人めの客に向けていただこう。その客がこのパーティーの目的を明確に伝えてくれるはずだ」

「九人めの客ですって!」マーガレットが叫んだ。

「ひょっとして、招待主本人かしら?」ジーンがうながした。

「この部屋の北側のドアにお気づきだろう」招待主の声が告げた。「黒い光沢のある扉で、今まさに矢を投げようとする未来派的な銀色の女神アルテミスがひときわ目立つ。そのドアの鍵が、コーナーテーブルに載ったジャン・コクトーの本のページにはさまっている。九人めの客はドアの向こう側にいるのだよ」

「誰か、ドアを開けて! 早く開けてちょうだい!」ジーンが叫んだ。

「ちょっと怖いな」ハンクが言った。「いったい何が出てくることやら……両手に銃を構えた強盗とか」

「鍵があったわ」シルヴィアがテーブルの本を開いていた。「わたしが部屋に入ってみようかしら?」

「ひとりじゃだめだ」すぐさまピーターが止めた。「ぼくも一緒に行こう」

シルヴィアがドアの錠に鍵を差しこんだ。

ハンクが急に真顔になって進みでると片手をあげてさえぎった。「ちょっと待った。これは悪ふざけかもしれないが、そうでないかもしれない。さっき、ピーターが腹話術の可能性を指摘しただろう。もしそれが正しくて、ぼくらのなかにその張本人がいるとすれば、そいつをひとりきりにするのはよくないよ。ぼくらは一緒にいるべきだ」

「ハンク!　まさか本気で……」ピーターが問いつめた。

「本気だとも。誰かを特定して非難してるわけじゃないけどね。でも、ぼくの言い分が正しいことはわかるはずだ」

「たしかに、ハンクの言うとおりだわ」シルヴィアが賛同した。「こんなことをする人がわたしたちのなかにいるとは思えない。それでも、ありえないことが時には起きるものよ。みんな、一緒にいましょう」

「ほかにも理由があるわ」ジーンは懸命に声を落ちつかせていた。「この招待主なる人物はどこか近くにいるはずよ。わたしたちの姿が見えたり声が聞こえたりしているわけだから。もしわたしたちの誰かがひとりきりになったら……彼が本当にわたしたち全員を殺すつもりでいるなら……絶好のチャンスを与えてしまうことになるわ」

「では、こうしよう。全員が一緒にいること」オズグッドが締めくくった。「さてと、あの部屋をのぞいてみるか……」彼は淡々と話そうとしているが、それでも内心の逡《しゅん》巡《じゅん》を隠しきれなかった。「つまり、あの部屋に何かあるのか確認を……」

「ゲームのおじゃまをしてもよろしいかな？」招待主の声が問いかけた。

全員がその場に立ちすくみ、固唾を呑んだ。

「もちろん、このペントハウスを隅々まで調べてもらってけっこうだ。狡猾なトリックなど何もない。繰り返しになるが、これは能力を競うゲームなのだ。とはいえ、ゲームのさいちゅうに次の行動について説明させてもらう場合も出てくるだろう。そこで、室内のあちこちに増幅器《アンプ》を設置してある。わたしが話したいときには最寄りの増《ア》幅器《ンプ》から銅鑼《どら》の音が三回聞こえてくるだろう——このように」

客たちは聞き耳を立てた。音が鳴り響いた。一回、二回、三回。耳を貫くような甲高い音。

「以上だ、諸君。では、九人めの客について納得がいくまで調べてみるといい」

静寂があたりを押し包んだ。

「なんてことだ！」ティム・スレイモンが息を吐いた。

「ドアを開けて確認してもいいかしら?」シルヴィアが尋ねた。

「ええ、お願いするわ」マーガレットが不安そうに同意した。「急いでね。わたくしも知りたいわ」

シルヴィアが鍵をまわした。突然、カーテンの隙間を閃光が走り、雷鳴を残して消えた。誰もがぎょっとした。一瞬、強雨が窓に打ちつけたが、やがて音は小さくなって止まった。シルヴィアがドアノブに手をかけた。ドアが勢いよく開き、彼女は恐怖で顔を引きつらせながら飛びのいた。男の死体が室内に倒れこんだ。

ジーンが悲鳴をあげた。

「まさか……この男、ひょっとして……」ドクター・リードが大声で言った。

死体のそばに膝をついたピーターが険しい顔つきで見あげた。

「ええ。死んでます」彼はしゃがれ声で答えた。

一瞬、人びとは寄り集まり、彼らに襲いかかってきた不可解な恐怖から身を守るにはこれしかないと言わんばかりに互いにしがみついた。死体は若い男で、夜会服に身を包んでいた。ドアじたいは、壁に仕込んだ細長い切れ目かと思うほどに狭いクロゼットの扉だった。

「このクロゼット……ちょうど棺の大きさね」ジーンがかすれた声で指摘した。

「誰かこの人を見たことはある？」シルヴィアの声は落ちついていた。

　全員がかぶりを振った。そんな彼らを死体が血の気のない顔で見あげていた。

「こいつ、クロゼットに戻そう」ピーターが食いしばった歯の隙間から声を絞りだした。「見ちゃいられないよ」

「ああ、そうしよう」オズグッドが小声で応じた。

　シルヴィアはためらった。「このまま手をつけないほうがいいわ」

「ここに置いておくなんて無理だ。こっちの頭がどうにかなってしまう」ドクター・リードがとげとげしい口調で反対した。

「そうだよ、絶対に無理だ。無理だよ」ハンクがきっぱりと言った。

「この人、死んでどのくらいなのかしら？」とシルヴィア。

「さあ。もう冷たいな」ピーターが答えた。

「なんてことなの！」マーガレットが身震いした。

不意に外気を吸わずにはいられなくなったのか、ティム・スレイモンがパティオに通じるドアを勢いよく開けた。雨はすでにやんでいた。湿気を含んだ冷たい空気が吹きこんできた。ティムは戸口に立って外を見つめた。濡れそぼったヤシの木から滴が垂れ、敷石の隙間を水が流れている。

「どうすればいいんでしょう？」マーガレットがささやいた。

「これが目に入らなければそれでいい」ドクター・リードがぼんやりと言った。

「パティオに移そう」ハンクがぶっきらぼうに言った。

「それって……外に放置しろってこと？」ジーンが怯えた声で小さく問いかけた。

「仕方ないさ」ピーターが口をはさんだ。「このまま突っ立って見ているわけにはいかないんだから」

「それに、死体をまた立たせてあのクロゼットに押しこんだとしたら、わたくしはとうてい……」マーガレットが震えながら訴えた。「とうてい耐えられないわ……同じ部屋に死体があるなんて、気味が悪くて……頭が変になってしまいそう」

死人は虚ろな目で彼らを見つめるばかりだったが、そのとき、突然の勇気に駆りたてられたように、ハンクが死体をかかえあげた。ピーターがパティオに通じるドアを開け、ハンクは濡れた板石張りの床に死体を放り投げた。見守る人びとは恐怖と安堵の息を洩らした。

「ああ、ゾッとする」ハンクはつぶやきながら振り向いた。「なかに入ろう。ドアを閉めて。少なくとも、部屋のなかには死体はないからね……今のところはまだ」

「あなた、楽しそうね」シルヴィアがそっけなく言った。彼女は螺旋階段に通じる外の鉄扉を食い入るように見つめた。「思いきってあの扉を開ける勇気があればいいんだけど」

「やめておけ」ティムが諫《いさ》めた。「よほどの運がないと開けられないいんじゃないかという気がしてきた」

「ええ、わたしもそんな気がする」シルヴィアが答えた。

「君も楽しそうじゃないか」ハンクが言った。シルヴィアは皮肉っぽく微笑み、人びとはラジオのある客間のドアを閉めた。誰もが震えながら立っている。「ホーキンズだ！」ハンクがいきなり叫んだ。

「なんだい？」ピーターが尋ねた。

「そうよ、ホーキンズ」ジーンも大きな声で言った。「ほら、ホーキンズ、あの無愛想な執事。彼、呼んでも来なかった……」

全員が驚いて目を見開いた。晩餐が大昔のことのように思えた。

「どうして気づかなかったんだ!」オズグッドが声を荒げた。「そうだとも。あいつがわれわれをここに案内し、夕食を出し、それから姿を消した。われわれがテーブルを離れて以来、まったく見てないんだからな。ウェイトレスたちも関わっているのかもしれん。もう帰されたかもしれないが」

「彼のことは今の今まで忘れていたわ」ジーンがつぶやいた。

「カン!」鐘のような金属音が鳴り響いた。

「銅鑼だ!」ドクター・リードが言った。

「カン!」ふたたび銅鑼が鳴った。「カン!」

「わたくし、耐えられないわ」マーガレットがささやいた。「我慢できない!」

ジーンは無意識のうちにつややかな黒髪を触っていた。「わたしが悲鳴をあげたら首を絞めてね」彼女はシルヴィアに小声で告げた。

「こちら、WITS放送局」なめらかな声がゆっくりと嘲《あざけ》るように流れてきた。「諸君はホーキンズの介入を指摘している。だが、大変喜ばしいことに、ホーキンズとウェイトレスたちが今夜のゲームに関わることはないと申しあげよう」

「彼らも死んだのか!」ティムがつぶやいた。

一瞬、人びとはためらいがちな恐怖にとらわれて立ち尽くした。死が次々と彼らの上に押しかぶさってくるようだった。外では周囲の塀に風が吹きつけている。一方、室内には、反応することも抑えることもできない恐怖だけが満ち満ちているようだった。晩餐の席では気まぐれな思索の対象でしかなかった死という概念が、突然、どこからともなく虚ろに響く声によって無慈悲で強大な力となり、人びとを圧倒した。

「ダイニングルームからキッチンに通じるドアを開ければ、ホーキンズとウェイトレスたちが見つかるだろう」招待主の感情のない声が淡々と話を続けた。

声が途切れた。人びとは互いに目を合わせた。

「少しくらい口調を変えてくれればいいのに」ジーンがつぶやいた。「あの金属的な一本調子の話しかたにはイライラしてくるわ」

「どなたか、ホーキンズを探す勇気はおありかしら?」マーガレットが声をかけた。

「わたくしにはないけれど」

「わたしが見てきましょう。キッチンなら安全そうですもの」シルヴィアが部屋を横切り、広い戸口を抜けてダイニングルームの奥へと向かった。ドアの前で彼女は振り返った。淡い金髪に白い細身のドレスが体にフィットしたその姿はヴァイキングの女戦士を彷彿とさせ、その静かな胆力に全員が勇気づけられた。「見ていいわね?」彼女は肩ごしに呼びかけた。

「ああ……いや、待った、わたしも行こう」ティム・スレイモンが急いでシルヴィアを追った。ジーンはダイニングルームのなかほどまで足を踏み入れ、ピーターもあとに続いた。残りの客たちは戸口で立ち止まっている。シルヴィアはドアノブをしっかりと握り、ドアを大きく開いた。シルヴィアとティムがそろって恐怖の叫び声をあげた。

「どうした？」ピーターが駆け寄った。

「ホーキンズよ」シルヴィアが息を呑んだ。

彼女はあらためてドアを開け、ピーターとティムとともにキッチンに入った。残る五人は恐る恐る近づいて目をこらした。

ホーキンズとウェイトレスふたりがそこにいた。ホーキンズはテーブルにうつ伏せで倒れこみ、ウェイトレスはそれぞれ椅子にすわってぐったりしている。

彼らは長いキッチンテーブルを囲んでいて、明らかに夕食を取っていたようだ。食べかけの皿が並び、ワインの空き瓶が三本置いてある。恐怖におののく人びとの目に入ったのはどこにでもあるキッチン用具ばかりだった。よく磨かれた調理器具と積み重なった皿。キッチンの時計は振り子を揺らしながら静寂のなかに規則正しい音を刻んでいた。ピーターが身をかがめ、ホーキンズの体の下に用心深く手を伸ばして心臓の鼓動を確かめた。

「カン！」背後のラジオから音が響いた。

「ここにいてむざむざ殺されるわけにはいかないぞ」ティム・スレイモンがしゃがれ声で言った。「あのせいで……」

「カン！」ラジオは容赦なく音を鳴らした。「カン！」

「彼らは死んではいない」招待主の声が告げた。「諸君、わたしは召使いと競ったりはしないよ。すでにお気づきだろうが、競争相手は慎重に選ぶ。そこにいる使用人たちは今宵の宴席で諸君の世話をするためだけに呼び入れた者たちだ。もはや用済みとなったので、われわれのにぎやかで楽しい宴会のじゃまにならないように静かに退場させたまでだ。使ったのは無害な睡眠薬でね。明日にはすっかり元気になるだろう。要するに、これから始まるゲームで、ニューオーリンズきっての最高の知恵者八人がわたしに敵う相手ではないとわかったそのときには、ビアンヴィル・ビルディングの二十二階で諸君の死体が発見されたと最初に通報するのが彼らの役目となる」

ジーンが少しふらつき、マーガレットは喉の奥に何かが詰まったような奇妙なあえぎ声を洩らした。ジェイスン・オズグッドは額に噴きでた汗を拭った。

「そのドアを閉めてくれ！」ティム・スレイモンの声はかすれていた。

れはじめていた。

「ああ、頼む」とドクター・リードが言った。容易に動じない彼でさえ緊張感が表わ

ハンクがダイニングルームを横切ってキッチンのドアを閉めた。ドアは大きな音を立て、静まりかえった部屋に反響した。

「この室内を調べようじゃないか」オズグッドが提案した。「あのいけ好かない悪党はこのどこかにいるはずだ」

「しかし、それは無理だろう」ピーターが反論した。「隠れるところなんてどこにもなさそうだ。二重壁とか、何か本に出てくるような仕掛けでもあれば別だが」

「それこそありえない」ハンクがきっぱりと言った。「分別を働かせましょうよ。このペントハウスはきわめて信頼性の高い不動産業者によって賃貸の広告が出されていたし、同じ会社が階下のオフィス物件も扱っている。広告によれば魅惑的なペントハウスで、周囲をパティオに囲まれ、あれやこれやがそろっているとあったが、要はごく普通の住宅だ。スライド式のパネルや二重壁、開閉する書棚とか、そんなものを建築家が設計すると思いますか？」

「たしかに、そういうことはないだろうな」ピーターが同意した。「しかし、今のこの状況もありえない気がするよ」

ジーンが首を振った。「ここではなんでもありうる気がしてきたわ」

「諸君、しばしじゃまをしてかまわないかな?」ふたたび招待主の声が言った。

全員がぎょっとして注意を向けた。「もし諸君が望むのであれば、不安を取り除くために室内をくまなく調べてくれたまえ」もの柔らかな口調で声が続けた。「先ほども言ったとおり、これは殺戮のゲームではない。あくまで能力を競うゲームだ。われらが友であるドクター・リードが好むチェスと同様であり、また、ミセス・チザムのブリッジ、ピーター・デイリーが楽しむアナグラムも然り。ミス・ジーン・トレントがハリウッドのパーティーで巧妙に披露するリメリック詩もまた——」

「なんでも知ってるんだわ!」ジーンが身震いした。

「——能力を示すゲームであり、ミスター・ティモシー・スレイモンが時折興じるポーカーもまた然り。ヘンリー・L・アボットが好んで数字と競い合う高等数学のゲームも然り。敵対者のほうが合法的証拠を多く持っているにもかかわらず、それをみごとに打ち負かすミス・シルヴィア・イングルズビーの知力のゲームも然り——」

みんなが反射的にシルヴィアに視線を向けたが、彼女は皮肉っぽく口もとをかすかに動かしただけで冷静に聞き入っていた。

「練りに練って趣向を凝らした宴だというのに、安っぽい仕掛けに頼ったと思われているのは実に心外だ。開閉する書棚も二重壁もない。大胆不敵で型破りな企てを卑劣な手段で台無しにするつもりなどないのだ」

　声がいったん途切れた。あまりに穏やかでなめらかで、皮肉たっぷりに楽しんでいる声からは、話し手が優雅に腰を折って一礼し、微笑みながらすわる様子さえ見えるようだった。一瞬、客たちは立ち尽くしてラジオのダイヤルを見つめた。どこにでもありそうな無害な器具に残忍な嘲りが浮かびあがっていた。

「繰り返しになるが、ばかげた策を弄するほどわたしは恥知らずではない。しかし、諸君、愉快なこの場から立ち去ることは不可能だと申しあげておこう。このペントハウスから出ていこうとする者は最も非芸術的な形で人生を終えることになる。そして、今夜、諸君のためにわたしが計画している死、すなわち、君らがわたしのために演じるであろう敗北は芸術的だ。そちらを待つほうがよほど価値があると心から助言する。

　ひょっとしたら、パティオの塀をよじ登って通りの通行人に合図を送るという、お粗末な脱出計画を思いつく者がいるかもしれない。だが、そのような子供じみた愚行はやめておくことだ。十九階の屋根はこの階から十五メートル直下にあり、十四階の屋根はさらに十五メートル直下にあるという事実もさることながら、お気づきのとおり、パティオの塀はびっしりとツタに覆われ、その上辺部にはツタに絡めて高圧電線が張りめぐらされている。ちょっと調べたくらいでは夜の闇に紛れて見えないだろうがね。パティオから屋根に通じる分厚い両開きのドアももれなく電線が接続されている。金属製の屋根はアースとして働くが、もし人間がみずから回路をつなげば感電死の運命が待っている。諸君はわたしが招待した今宵の客であり、客はとどまるものだ。これほど才気あふれる来客と交流してわたしが咎《とが》めを受けることなどありえない。諸君はわたしからの招待と強いうぬぼれによって訪れたのだから、君らがここからの帰宅を許されるのはわたしが別れを告げるときだけなのだ」

「われわれは罠にはまったんだ」ドクター・リードがきっぱりと言った。「狂人の手に落ちた……しかも、彼はわれわれを見張りつつ静かに笑っているんだ」

「そのとおりよ」マーガレットが弱々しく言った。「わたくしたちはただすわって、忍び寄ってくる死を待つ……」彼女の声は伸びきった糸のように途切れた。

ジーンが窓辺に寄り、夜空と対照的な街の明かりを見つめた。

「この……この下に広がる街には……五十万人もの人がいて……みんな、みんな……穏やかな普通の暮らしを……」ジーンの声はかん高い悲鳴に変わった。

誰かが彼女の腕をしっかりと握り、落ちついた声で話しかけた。

「ジーン」それはシルヴィアだった。「ねえ、ジーン、取り乱してはいけないわ。たしかに、とても恐ろしい……でもね、うろたえちゃだめなのよ。ひとりがヒステリーを起こせばみんながパニックになってしまう。全員を危険にさらしたくはないでしょう？」

「だが、絶対に逃げ道はあるはずだ！」ジェイスン・オズグッドが腹立たしげに叫んだ。「われわればばかじゃない。それに、あいつだって全能の神ってわけじゃないんだからな。必ず出口はあるし、それをみんなで見つけるんだ」

　オズグッドは自制心を保とうと必死になっている様子だった。顔が青ざめ、引きつっている。彼の声からはいつもの冷ややかな金属質の響きが消え失せ、乾いた唇のあいだから言葉がやみくもにこぼれていた。その姿はあちこちがもろく欠けはじめた彫像を思わせた。

　ハンクは両膝に肘をついてすわり、頭をかかえこんでいた。「もちろん、逃げ道はあるはずだ」彼はひとりごとのようにつぶやいた。「出られないとしても、通行人の注意を惹きつける方法はある。ここで何かが起こっていることを知らせ、調べにきてもらう方法が。何か工夫ができるんじゃ……」

「わたしの提供する気晴らしが必ずしも歓迎はされていないようで心が痛む」招待主の冷ややかで単調な声が話を続けた。「しかし、こういう事情なのだから、俊敏にして知性豊かな諸君ならさらに上を行く創意工夫を凝らしていることだろう。君らのなかには危険きわまりない方法を考えている者がいるかもしれない。すなわち、火災だ。この美しく設計されたペントハウスを破壊し、建物じたいに計り知れない損害を加えてでも人目を惹きつけ、われわれのゲームを台無しにしてやろうと無粋な企てを考えるかもしれない。だが、こうしたビルディングは適切なスプリンクラー設備が整っていなければ完璧とは判断されないものだ。今宵の宴会のためにこの場に招いた以上、君らの頭上にあるスプリンクラーをわたしが考慮に入れなかったと思うほど諸君は愚かではあるまい。このペントハウスで火災が起きれば当然ながらスプリンクラーが作動するが、しかし、今夜のスプリンクラーからは火を消すための水ではなく、命の火を消す致死量の毒ガスが噴出する。たとえ小さくても機械が作動するに充分な火であればこのガスが噴きだし、したがって、外からの助けが到着する前に君らの魅力あふれる命は確実に消滅する。

　また、ペントハウス内を水浸しにして階下に漏水を起こさせ、注意を惹こうと考えるかもしれない。だが、ひとこと言わせてもらえば、この時間、階下の部屋はどこも無人が多いばかりか、自由に使える水はほとんどないのだから、これまた実用的な案ではないと直ちにわかってもらえるだろう。キッチンと浴室の水栓は遮断してある。

キッチンの保冷容器二個には八リットルほどの水が用意してあり、飲料用には充分な量だと思うが、注目を集めるには足りないと言わざるをえない。

電気を通さない家具を使って門をたたき壊そうと考える者もいるだろうか？　それは不可能だ。パティオの塀も門も非常に頑丈で、いくら手近の道具を工夫して破城槌《はじょうつい》のようなものを作っても破れるものではない。

したがって、われわれのゲームを回避するために愚かで粗雑な策を弄し、その進行を遅らせるような真似はどうか控えてほしいと切に願う。このゲームの最初の一点めはわたしに譲らざるをえないとわかるだろう。諸君は今宵のわたしの客であり、客はこのままとどまるのだ。

ただし、君らの招待主は配慮に欠けるいいかげんなもてなしは決してしないと断言させていただこう。諸君がわたしの歓待を忌避しないように事前にあらゆる手立てを講じたが、同様に、愉快な一夜を過ごしてもらえるように万全の準備をしている。君ら自身の高尚な趣味に合わせて満足のいく品々が周囲に用意されているのだ。このラジオキャビネットの上には最高級のフルーレ（フェンシング用の剣）が一対、壁に掛かっているが、鑑賞に値する逸品だ。ミス・イングルズビー愛用の煙草が置かれたテーブルには翡翠《ひすい》の飾り物があり、興味を持ってもらえることだろう。コーナーキャビネットに入ったオスカー・ワイルド作品の装丁は、愛書家ならさぞかし眼福となるはずだ。君らが心地よく過ごせるようにわたしがどれほどの注意を払ったか、諸君も必ずや納得してくれるにちがいない」

声は冷淡で皮肉っぽく、平然としている。嘲るように一本調子な声はいったん止まってから、ふたたび話を続けた。

「周囲を見まわしてほしい。ここには諸君の嗜好に合わせたもてなしの品々がそろっている。すでにお気づきかもしれないが、室内のあちらこちらに置かれた箱にはさまざまな銘柄の煙草と葉巻きが入っていて、すでに諸君は好みのものを選んでいることだろう。ダイニングルームのキャビネットには、ウイスキー、ジン、ワイン、リキュール類を取りそろえてあるし、キッチンの戸棚にはカクテルシェイカーとグラス、さらにオレンジやレモン、砂糖、その他の備品もある。

万全の手配をしたつもりだが、喜んでいただけるだろうか？　客人の個々の好みに合うようにわたしは努力を惜しまなかったし、貯蔵庫のありったけを出したつもりだよ。わたしが知るなかで最も魅力的な女性のひとりであるミス・シルヴィア・イングルズビーは、煙草を二度か三度吹かしただけですぐに捨てることで知られている。そんな彼女のお好みの銘柄〝ダーキッシュ・エンペラー〟は余分に用意してある。ダイニングルームのドア近くのテーブルにブロンズ製の小箱を置いているが、そのなかにたっぷり入っているから見てくれたまえ」

　反射的にシルヴィアが席を立ち、ダイニングルームのドアのそばにある小型テーブルに近づいた。

「本当にあるの？」ジーンが息を詰めて問いかけた。

「ええ……何十本も……さっきから吸っていた小箱の〝ターキッシュ・エンペラー〟はほとんどなくなってしまったのよ」

「これまた著名人であられるミスター・ティム・スレイモンは、ジンジャーエールと混ぜた飲み物がお好きではない」招待主の声が続けた。「アイスボックスにはジンジャーエールと一緒にミネラルウォーターが数本用意してある。お気づきだろうが、アイスボックスはキッチンに備えつけてある。ミスター・ピーター・デイリーはカフェ・ブリュロほど知性を刺激するアルコール飲料はないと考えているので――」

「さすがに気味が悪いぞ！」ピーターがさえぎった。

「――キッチンテーブルの上の棚にはコーヒーの缶があるし、ドリッパーは先ほど見つけていると思う。著名なドクター・マレイ・チェンバーズ・リードは長らく学問の世界に閉じこもり、禁酒法の制定に力を尽くしてきた人物ではあるが、アブサンフラッペ（アブサンを使ったカクテル）を作る材料がすべてそろっていると言えばさぞかし喜ぶだろう。どうか諸君は気づかないふりをしていただきたい。ドクター・リード、レシピをご存じなのはあなただけだから、ご自身とほかの客人のためにアブサンフラッペを作ってはいかがかな？」

挑発するように声が途切れた。ドクター・リードは無表情のまま動揺を見せなかったが、唇を引き締め、顔はかすかに紅潮していた。

不意にシルヴィアのよく通る軽やかな笑い声が沈黙を打ち破った。「ご、ごめんなさいね」彼女は謝った。「我慢できなくて。この人、とても素敵だわ」

ティム・スレイモンは礼儀正しい顔をほころばせ、シルヴィアと声を合わせて笑い、つられてハンクやほかの人びとも破顔した。ジェイスン・オズグッドは含み笑いを洩らして友人の肩をたたいた。

「なんだかこの招待主が好きになりそうだ」ティムがジーンに言った。

「そうとも、みんなにアブサンフラッペを作ってくれよ」オズグッドがドクター・リードをうながした。

「ええ、ぜひ！」とシルヴィアが言った。

ドクター・リードは煙草を一本選びながら首を横に振った。彼はうっすらと笑みを浮かべた。

「いずれそのうち」と彼は答えた。

「ドクター・リード」招待主の声が呼びかけた。「アイスボックスはキッチンにある。そして、わたしの友人ヘンリー・L・アボット、すなわち、われらがハンクに忠告しておくが、三週間前のある晩、前後不覚に陥るほどの破滅的な影響をもたらしたジンとブラックコーヒーの混ぜ物は控えるように――」

「ジンとブラックコーヒーだって？」ピーターがおうむ返しに言った。「なんだ、それは？」

「ハンクふう昏睡カクテルさ」ハンクは情けなさそうに答えた。「あれはひどかった。でも、どうして彼は知ってるんだろう？　先月のパーティーでぼくが作った代物でね……夜遅かったし、ほとんど一気飲みしたんだ」

「――そして、ミセス・チザムをもてなすにあたっては、グラスの底のチェリーを彼女がひどくお嫌いだということを決して忘れてはいけない」

「この男、わたくしたちのことを何カ月も前から調べあげたにちがいないわ」マーガレットがそっけなく言った。

「逆上したバーテンダーなんだな」ピーターが皮肉を口にした。

「――ミスター・ジェイスン・オズグッドは分刻みのスケジュールに時間を振り分ける習慣が身についていて、何をするにもまず時計を見ずにはいられない性分だから、彼のそばにとても精巧なスイス製の小型時計を用意してある。心地よい音色で時を刻んでくれるはずだ。時計に支配されて生きてきたように、死ぬ時間も時計が打ち鳴らしてくれるとわかれば、ミスター・オズグッドにとっても興味深いことだろう」

オズグッドは恐怖に襲われて言葉を失った。ほかの人びとも仰天し、この皮肉たっぷりな声が彼らの生殺与奪の権を握っているのだとあらためて気づかされた。

「こんなふうに怯えている場合じゃない」ハンクが強い口調で励ました。「あいつにぼくらを殺すことなんてできないんだから。ぼくらは全員がここにいる。彼がひとりきりならみんなで捕まえられるはずだ」

「だといいが」オズグッドはつぶやきつつ腰をおろした。そして、ふたたび額の大粒の汗を拭った。

「諸君」と声がさらに続けた。「いずれにせよ、楽しい夜に必要なものはそろっていると思う。コーナーキャビネットの三番めの引き出しにはトランプがあるし、四番めにはチェスの駒が入っている。ただし、諸君がゲームを始める前に、今夜のわたしの計画についてさらに詳しく説明させてほしい。というのも、ここでしか経験できない特別の娯楽を約束したが、トランプやチェスは悲しくなるほどに陳腐だ。付け加えれば、彫刻や剣や精緻な装丁の鑑賞もまた平凡と言える。そこでだ、気まぐれな主賓の登場となる。いずれ諸君は彼に会うし、おそらく気に入るだろう」

「主賓？」とティム・スレイモンが言った。「頭のおかしなやつがまだいるのか？」

「彼の名は、死だ」声が言った。

「なんだと！」ピーターが大声を出した。

声はさらに続けた。

「諸君、彼は残忍でも非情でもない。そうとも、諸君は死ぬためにここに呼ばれたのだ。だが、君らは文明が生みだした八つのイボにすぎない。死んで当然だろう。いずれ全員が死ぬのだ。君らをこの宴席に招かなかったとしたら、たしかにあと数年ぐらいは長生きするだろうが、結局はごく普通のあっけない死を迎える。掃除係でも日雇い人でも体験するようなありきたりの死だ。平凡な病気に苦しんでベッドで死ぬかもしれない。そこらの通りで不注意な運転手による交通事故という形で死を迎えるかもしれない。飛行機事故で死ぬのがせいぜいといったところで、それもまた大勢の一般人が経験する死と大差はない。しかし、わが八人の友人諸君、君らにはもっと優美な死こそがふさわしい。すでに賞賛を浴びてきたこの世から退場するには、ほかに比類のない様式美こそ必要なのだ。その死をわたしが諸君に送ろう。今夜、君らはそれぞれに値する死を迎えるのだ」

「ぼくらに値する死か」ハンクがおうむ返しに言った。「この忌々しい死体ハンターは、そもそもどうしてぼくらに死が値すると決めつけるんだ？　ぼくは生きていたいよ」

「わたしもよ」ジーンがぼんやりとした虚ろな声で同意した。「変な気分だわ。死ぬなんて、これまで考えたことがなかった。このわたし……ジーン・トレントが……死ぬ……自分が人間じゃないということにいきなり気づかされたわ……肉がこびりついているたくさんの骨だけで……」彼女はしおれた花のように哀れを誘う姿でゆっくりとうなだれた。

「ジーン！」ハンクが叫んで駆け寄った。「さあ、もう一度すわって。ぼくらは死んだりしないよ。絶対にここから出られる！」

ジーンはソファに腰を沈めた。「だいじょうぶよ」彼女は前よりも張りのある声で答えた。「失神したりしないから。ただちょっと体が震えただけなの」

「そりゃみんなそうさ」ハンクが元気づけた。「朝までに死ぬと言われたら誰だってゾッとするよ。でも、絶対にあいつを出し抜いてやる」

「もちろんだ」ドクター・リードが落ちついた口調で同意した。「それは疑う余地がない」

「友人諸君」招待主の声が響きわたった。「これは主賓である死をレフェリーとして、わたしが一方の側、君らが反対側に陣取るゲームだ。どの回もわたしが勝つと自負しているので、君らが負けた場合にはそれぞれ対価を支払わねばならない。しかし、もしもわたしが負ければ——諸君のうち誰かがわたしよりも利口だと証明し、知恵でわたしを出し抜いたら、そのときはわたしが対価を支払うと約束する。このゲームでひとりでもわたしに勝ったら、わたしは君ら全員の前で死ぬ」

「嘘だろ！」ピーターが口をはさんだ。

「わたしは死ぬ」声が繰り返した。「君ら全員の前で。話を進めていいだろうか？」

マーガレットが立ちあがった。不安そうに片手を握りしめている。「つまり……この人は本気で……わたくしたちを殺すつもりなんだわ！」かん高く耳障りな声だった。

「風変わりな話になるな……こんなことを語るとしたら」ドクター・リードがつぶやいた。

「誰が語るにしてもね」ティムがぶっきらぼうに言った。

「嘘だろ！」ピーターがふたたび言った。「ぼくらはこのビルのてっぺんに……閉じこめられて……」

「そう、閉じこめられてる」とハンク。「まるで生きながら埋葬されて墓のなかで目が覚めたようなものだ」

「ハンク！」オズグッドが椅子から跳びあがって怒鳴りつけた。「われわれを逆上させたいのか？」彼の声はしゃがれ、顔は怒りを帯びて薄黒く紅潮していた。そんな彼を招待主の冷たく辛辣な声がさえぎった。

「しかし、諸君、もしもわたしが勝てば、君らはひとりずつ対価を払うのだ。もしわたしが勝てば、朝にはゲームが終わる。太陽が昇るとき、わたしの客人はすでにこの世を旅立っているのだから」

「そのラジオを消してちょうだい！」マーガレットが訴えた。

「彼は消すなと言ったじゃないか」オズグッドが反対した。「この不愉快な家にあるものにはいっさい触らんぞ」彼は煙草を取り、小刻みに震える手で火をつけた。

「ゲームのルールについてはすでに説明したとおりだ」声が続けた。「諸君はこの場にとどまり、正々堂々と戦わねばならない。わたしの指示には従わねばならない。それができなかった場合は――きわめて残念な結果となるだろう。いいかね、諸君、わたしは殺人者ではない。君らひとりひとりがみずからの死の機会をわたしに与えてくれるのだ」

「でも、どうかしてるわ」とシルヴィアが言った。「信じられないほど恐ろしい話じゃないの」

「もちろん、どうかしているが、しかし、これは現実だ」ピーターが言った。

「諸君、わたしは君らをよく知っている。それぞれ魅力があり、冷静で、自信にあふれてはいるが、弱点のない者などひとりもいない。何年も世間から隠しとおしてきたつもりだろうが、甲冑《かっちゅう》の下には傷つきやすいアキレスの踵《かかと》があり、わたしはそこを射抜いて君ら全員を打ち破るのだ。諸君、われわれのなかに秘密を隠し持っていない者はいない。わたしは君らの秘密を調べあげた。そこで、君らご自慢の強みに挑むのではなく、君らが隠している弱みを突いて攻撃をかける。自分の秘密は長らく隠しおおせていると浅はかにも思いこんでいるとしたら、とりわけ油断しないように気を配ることだ。諸君、よく考えたまえ。興味深いことがわかるはずだ。自分自身を厳しい目で分析してこそ、このゲームでわたしに勝つチャンスが見えてくるだろう」

「考えろだと！」ハンクが声をあげた。彼は窓辺に寄り、ちらりと外に目をやってから振り向いた。「こんなときに考えられるわけがないじゃないか」

「静かになさい！」マーガレットがたしなめた。「彼が話しているのよ」マーガレットは身を乗りだし、目を大きく見開き、神経質そうに手を細かく動かしている。まるで嘲るだけで正体を見せないラジオの秘密を引きずりだそうとしているようだった。

「もちろん、諸君のなかにはわたしが誤って判断している者がいるかもしれない」

「そうだといいがね」ピーターは口とは裏腹に不信をあらわにした。

「つまり、君らのなかには秘かな弱点がひとつではなく、いくつもある者がいるかもしれないということだ。強みがあるとわたしが勝手に想像しただけで実は何もない者だっているかもしれない。そのような不適切な客を今夜のゲームに加えてせっかくの宴に汚点を残したくはないのだ。男だろうと女だろうと、今宵のゲームを楽しく十二分に味わい尽くす勇気と、冒険に注ぎこむ無謀なまでの愛に欠ける者は、わたしの対戦者としてふさわしくはない。したがって、わたしとのゲームを望まないのであれば、わたしにとっては不必要な人間だ」

「ありがたい」ティム・スレイモンが安堵の声を洩らした。

「結局は楽しいことなのかしらね」マーガレットは必死に希望をつないだ。

「それはどうかしら」ジーンが不審そうに言った。「パティオにはあの死人がいるのよ」

「そういう者には簡単な逃げ道を用意してある」声が話を続けた。「食品庫の戸棚を見てもらえば、三段めの棚にソースや調味料の瓶に交じって古めかしい銀のフラスクが収まっている。中身は青酸だ」

「大した気配りだ」ピーターが小声で言った。

「ゲームに参加する勇気のない者がいれば退席はたやすい。単純で平凡な方法、すなわち、尻尾を巻いての自殺だ」

「なんてことを!」ハンクが体を震わせた。

「一般に知られている青酸の瓶に関してはべつに怖くないわ」シルヴィアが楽しげに聞こえるような口ぶりで言った。「知識があるからそういう瓶には手を出さないの」

「とりあえず話すべきことは話した」招待主の声。「信頼してくれたまえ。室内にあるものは好きに食べたり飲んだりしてくれればいい。心配ご無用だ。唯一の毒物は今しがた伝えたものだけだ。何もトリックはない。ただし、もう十時を過ぎている」

反射的に全員が壁の時計に視線を向けた。銀色の文字盤に浮かびあがった黒い針は十時二十二分を指していた。シルヴィアが血のように赤いグラスを見て身震いしてから二時間がたっていたが、永遠の時が流れ去ってしまったように感じられた。部屋そのものが彼らを徐々に押し包んでいるようだった。健全な八人の男と女たちを錯乱の淵へと追いこむように、薄気味の悪い声が予言する。「諸君、十一時までに君らのうちのひとりが死ぬだろう。ひとりだけが」

「まさか！」ジェイスン・オズグッドががくりとうなだれた。顔からは血の気が引いている。

「そして、最初に死ぬ者は」と招待主の声が告げた。「このなかで最も生きるに値しない人物だ」

声が止まった。客たちは邪悪な気配に包まれて暗く静まりかえった。

やがてドクター・リードが立ちあがり、煙草を取りにいった。

「恐ろしいのは、この場に閉じこめられて、ただ成り行きを見ているしかないことだ」と彼は言った。「誰か逃げる方法を思いつかないかね？」マッチの火が小さく燃えた。

「わたしとしては何も考えられそうにないよ」ティム・スレイモンが弱音を吐いた。

「ティム、しっかりしてちょうだい！」シルヴィアが励ました。「少なくとも、勇気だけは失っちゃいけないのよ。この状況から抜けだす方法は必ずあるはずだわ」

白いサテンに包まれたシルヴィアをハンクが見つめた。ウェーブのかかった白っぽい金髪には乱れひとつなく、白い手はきちんと膝に置かれている。「シルヴィア、君はすばらしい」感に堪えたように彼は言った。「ぼくにも君のような強い自制心があれば、この世でほかには何もいらないと思うよ」

シルヴィアは微笑んだ。「ありがとう、ハンク」

ピーターが席を立ち、ほんのしばらくラジオのそばにたたずんでじっとダイヤルを見つめた。そして、唐突に振り返った。

「問題は、ぼくらのなかで最も生きるに値しない人物とは誰か、ということだ」

5

ジェイスン・オズグッドが部屋の中央で棒立ちになった。二時間前は現代的なスピードと活気と生命力を象徴していた黒と銀色の背景はすっかり色褪せ、今では棺と十字架の幻影を生みだしているようだった。「待ってくれ！」オズグッドが大声で言った。彼は室内を見まわした。「最も生きるに値しない者だなんて……」一瞬、彼の目は犠牲者を選んでいるかのように、怯えた客たちひとりひとりに向けられた。だが、不意に、重役会で見せつける堂々たる態度に戻り、小気味よく両手をこすった。「そんなくだらないことをしゃべっていたら頭がおかしくなってしまう」人びとは彼の断固とした存在感に勇気づけられた様子だった。「あのいかれた男の裏をかかないとわれわれは朝までに死ぬわけだ。それは紛れもない真実らしい。もしここから抜けだすのであれば、この状況はわれわれに対して周到に計画されたものなのだから、こちらもまた論理的に考えて対応しなければいけないんだ」

「そりゃそうなんだけど」ハンクが力なく答えた。「でも、ぼくは論理的な気分にはなれませんよ」

「ああ、そうだろうとも」オズグッドがふたたび手をこすり合わせた。「絶好調の者など今はいない。しかし、自慢するわけではないが、わたしはこれまで何度も危機的状況に直面し、手ぎわよく解決してきた。今回も役に立てると思う」

「ぜひお願いしたいですね」ハンクはため息をついた。「あなたの言うことはなんでもやりますから」

シルヴィアが深々と息を吸った。「みんなも同じ気持ちよ。こんな途方もない事態を収拾するには誰よりもジェイスンが適任でしょうね。少なくとも彼は冷静のようだし」

「けっこう。では、まずは現状を把握することから始めるべきだ」

「現状としては墓穴の一歩手前だろうな」ピーターがひとりごとのようにぼそりと言った。

「ふざけている時間はないぞ」オズグッドが厳しい口調で叱責した。

「そうだよ。ゾッとするじゃないか」ハンクも言った。

「われわれはこの場に閉じこめられてしまった」オズグッドが話を続けた。「あげく、実体のない声いわく、一時間以内にこのなかのひとりが殺され、残る面々も今夜じゅうに命を落とすという。ここから生きて脱出するには、悪魔的な知性の持ち主を相手にしてその裏をかかなければならないのだ」

「そのとおりだ」ドクター・リードが小声で応じ、顔をあげた。だが、すぐにまた視線を足もとの絨毯《じゅうたん》に落とした。またもや物思いに沈んだようだ。

オズグッドが先を続けた。「あれだけ威しをかけられた以上、このペントハウスからあえて出ようとする者はいないだろう。むろん、ただのはったりという可能性も捨てきれないがね。ホーキンズがわれわれを招き入れたように、すんなりあの正面扉を開けて外に出られるのかもしれない。しかしだ、危険を覚悟のうえであの鉄扉に手をかける者はいないだろう。わたしならやらないし、ほかのみんなにもやってみろとは言わないよ。

そこでだ、まず最初の疑問が浮上する。つまり、ここいるのはわれわれだけなのか？　キッチンで眠りこけているあの哀れな雇い人たちは考慮に入れる必要はないだろう。疑惑を招かないように自分で薬物を飲んだ可能性はあるが、たとえそうだとしても単なる従犯にすぎない。われわれの命を奪おうとしている男はこの瞬間にも虎視眈々《たんたん》と狙っているのだ。

もしここにいるのがわれわれだけでないとしたら――つまり、われわれを招待主と名乗る人物がもしここにいるなら、その男を探しだせるはずだ。一方、もし彼がどこか遠くのラジオ局から話しているのであれば、このペントハウスには恐ろしい死の罠があちこちに仕掛けられていて、夜が更けるにつれてわれわれに襲いかかってくる。いずれにしても、できるかぎり徹底的にこのペントハウスを調べるべきだ」

「勇気を振り絞って、ということだね」ピーターが付け加えた。

「たしかに」ハンクが苦笑を浮かべた。「及び腰のスポーツマン精神みたいなものだろうけど、残念ながら、ぼくの調査は腰がひけてこわごわやるのは間違いないよ」

「わかってる、わかってる」オズグッドがあわてて同意した。「だが、すべての部屋を調べ、男でも女でも隠れられる場所がないか注意深く見てまわるべきだと思う。そして、何かおかしなところがないか念入りに調べないとな」

全員が熱心に耳を傾けていた。壁の小さな時計は鋭い小型ナイフのように彼らの安全な時間を一秒ずつ刻んでいた。

「もう十分も無駄にしたぞ」オズグッドがもどかしそうに告げた。「さっさと始めてはどうだ?」

「了解」ハンクが立ちあがった。「何人かずつで分かれますか？　それとも、各自、好き勝手に探すか?」

「わたしが分けよう」オズグッドは用心深い目で人びとを見た。彼らは緊張で体をこわばらせ、椅子に浅く腰かけながら不信感を隠しきれずに互いに視線を交わした。早くも本能的な保身の衝動が表われ、かすかな敵愾心《てきがいしん》が微妙な空気をもたらしていた。

「わたしの話を聞くんだ!」オズグッドが鋭い口調で言った。「われわれは互いに正直でなければいけない。戦うべき相手はあの幽霊みたいな声だ。あいつはわれわれの仲間割れを当てにしているだろうし、そのほうが餌食にしやすい。猜疑《さいぎ》心からにせよ、人の心配より自分の身の安全ほうが大事という理由にせよ、協力を拒む者は自分の命だけでなくわれわれ全員の命を危険にさらすことになる」

オズグッドは自分の言葉が感銘を与えていることに気づいた。誰もが真剣な眼差しで彼の話を聞いている。オズグッドは一時間前よりも冷静になっていた。なんといっても自分はジェイスン・オズグッドだ。行動の男、街じゅうの銀行が耳を貸すリーダーなのだ。

「われわれのなかには互いに反目する者がいると、ティム・スレイモンがディナーの席で指摘した。だが、そういうことは忘れなければいけない。全員が団結しなければいけないんだ。いいかね——」彼は左手のドアに歩み寄って開けると、寝室を示した。

「シルヴィア、君とジーンでこの寝室を調べてくれるか？　奥の浴室もだ」

「そこの浴室がほかと同じなら戸棚やら何やらがいろいろあるでしょう」ハンクが口をはさんだ。「だから、浴室は浴室だけの調査として誰か別の人に割り当てたほうがいいと思う。マーガレットはどうですか？　女性にパティオの例のものを詳しく調べてもらうわけにはいきませんからね」

「わかりました」マーガレットが同意した。「わたくしが浴室を調べましょう。ありがとう、ハンク。皆さまのためにどんなことでもいたしますけど、でも、生きている方々ばかりの室内のほうがやはり安心できますわ」

「皆さまのため、か」ハンクがにやりと笑った。「スローガンですね。一般大衆のためだ。ドクター・リードですら共産主義者になる必要がある」

　ドクター・リードがにらみつけた。ここでも反目による中断が起きそうだった。明らかに時間と闘っているオズグッドはいらだちを見せた。

「やめたまえ。さあ、次は入り口だ」

「ぼくがやりましょう」ハンクが手をあげた。「誰か一緒に来てくれるかい？」

「ぼくが行こう」ピーターが言った。

「では、君たちふたりで入り口の通路を調べてくれ。ヤシの木立のこちら側だ」とオズグッドが指示した。「さて、パティオにもいくつか調べるところがあるはずだ。外は暗いが、限られた時間でできるだけ徹底的な調査をしてもらいたい。ドクター・リードとティム、君らはパティオを見てくれるか？　わたしはキッチンを調べる。危険を冒さないように気をつけながら、可能なかぎり見落としがないように慎重に調べてほしい。目に入ったものは忘れないように。正確に報告してもらえると助かる。時間は十分だ。十分たったら呼ぶからそれぞれ報告してほしい。じゃ、いいかね？」

「でも、この部屋の割り当てはまだ誰にもしていないでしょう？」シルヴィアが異議を唱えた。

「それはわたしがやるよ」とオズグッドが答えた。「この客間とダイニングルーム、それにキッチンも」

シルヴィアはうなずいた。全員がオズグッドの指示に従ってそれぞれに分かれた。

「この妙に角張った奇抜なキャビネットはわたしが調べるわ」と言いつつ、シルヴィアは寝室の敷居をまたいだ。「ねえ、ジーン、あなたは床のそばに電気仕掛けの罠がないか見てくれる？　外に通じるドアのほかにもいろいろ小細工してあるかもしれないから」

「わかったわ」ジーンはおとなしく同意した。「絨毯の縁からは絶対に離れないようにしないとね」

オズグッドはダイニングルームに入った。彼はキャビネットを開けてウィスキーの瓶を見つけ、自分用に一杯注いだ。そして、さりげない足取りを装いながら客間に引き返し、わざとらしく大げさにあたりを見まわした。開いたドアごしに、入り口の通路の端で敷石を調べるハンクとピーターの姿が見えた。彼は寝室の戸口に近づき、錠前を確かめるふりをした。

「ちょっとここを閉めてもいいかな？　掛け金の具合を見たいんだ」

「どうぞ」シルヴィアが奥から返事をした。「ジーン、あの声の主は服を持っていないわね。ここの衣装戸棚にはろくなものがないわ」

オズグッドは不自然なほど慎重にドアを閉めた。そして、掛け金が閉まるとすぐさまラジオに駆け寄った。ひとりきりになれる貴重な時間はわずかだった。

「おい、聞こえるか？」彼は歯の隙間から小さく声を洩らしてダイヤルに話しかけた。「ジェイスン・オズグッドだ。今、この部屋にいるのはわたしだけだ。聞こえているか？　早く返事をしろ。聞こえるか？」

彼はひざまずき、万一、誰かに見とがめられてもラジオのキャビネットを調べていると思わせようとした。

「よく聞け！　わたしはジェイスン・オズグッドだ。今夜、わたしを殺すとおまえは言っている。だが、そうはさせない。わかるか？　ほかの誰を殺してもいいが、わたしは殺すな。わたしを生かしておけばおまえの得になるぞ。そこにいるという合図をよこせ。とにかく、わたしの声が聞こえるなら返事をしろ。ひとことでいい。小声で何か言え。わたしには聞こえるから」

恐怖と緊張がみなぎる一瞬、彼はラジオに全神経を集中し、わずかな音でも聞き逃すまいと耳をそばだてた。しかし、何ひとつ音は返ってこなかった。

「いいか、わたしは威しているわけじゃない。手を組もうと提案しているんだ。誰でも好きに殺せばいい。誓っておまえのことを密告したりしないから、わたしだけは殺すな！　聞こえているか？　取引してくれるか？」

またもや彼は聞き耳を立てた。ラジオは無音だった。オズグッドは身震いした。額に血管が太く浮きあがっている。

「いいから聞けよ。わたしは死にたくない。死ぬわけにはいかないんだ。わたしの命と引き換えに五十万ドルを払おうじゃないか。今なら答えても安全だぞ。この部屋にはわたししかいない。五十万ドルだ。どこでも指定してくれればすぐに手配するから。どうしてわたしを殺したいんだ？　おまえに損害を与えたことがあるか？　もしそうなら言ってくれ。言ってくれれば、あんたの気のすむまでいくらでも埋め合わせはするから。何か言ってくれよ……頼むから！　ほかの全員を殺せばいいさ。あんたのパーティーのじゃまはしない。睡眠薬のありかを教えてくれれば、わたしはそれを飲んでキッチンで眠りこけるよ。何が起きてもいっさい見ない。頼む、答えてくれ！」

無音。

「百万ドルでどうだ？　いや、二百万……三百万！　優良銘柄の有価証券で三百万ドル……いや、用意できしだい、現金で払おう。三百万ドルだぞ……あんたの正体を暴こうなんて絶対にしないから……誓うよ！

三百万だ……わたしを生かしてくれれば！　わたしのことはよく知っているようだから、わたしが夜中でも銀行に入れることは承知してるだろう。なんなら三百万ドル分の有価証券を手渡すまでわたしを銃で威したっていい。そういうのがいやならわたしを家に帰してくれ。銀行に預けてある有価証券を持ってこさせるから……それで勘弁してくれ、三百万ドルやるから……なんでもするから命は助けてほしい……今夜の手伝いだってやろう。どんなことでもする。ほかの連中が死んでもわたしだけは生き残ると保証してくれればな。何か言ってくれ……聞こえてるのか？」

オズグッドは絨毯の縁を両手で握りしめていた。全身が震えている。

「もしも金が欲しくないなら……わたしがあんたをだますとでも思っているなら……だったら、二十五日に綿花の価格を急騰させる出資グループを紹介しようじゃないか……大金持ちになれるぞ。興味はあるかね？」

返答はない。外から話し声が聞こえてきて、すぐにもじゃまが入りそうだった。オズグッドはさらに声を潜めた。

「わたしを今夜のパートナーにしてくれないか？　みんながあんたの挑戦を受けるように仕向けて脱落させるから……なんならわたしがこの手で連中を殺してもいい……どうしてもと言うならわたしにけがを負わせてもいいぞ……あんたが殺しそこねたと見せかけるんだ……疑いをそらせるからな。夜が明ければあんたは大金持ちだ。嘘じゃない！　さあ、声を聞かせてくれ。みんなが戻ってくる！　話せってば！

おい、聞こえてないのか？　そこにいないのか！　人殺しがしたくて三百万ドルの誘惑にも乗らないやつなんていないだろう……おい、三百万ドルだぞ……しっかり聞けよ！　三百万……」

オズグッドの全身が激しく震えた。彼はラジオに顔を貼りつけた。

「そんなにやりたいならあいつら全員を殺させてやるよ。わかったか、答えろ！　今すぐ！」

ラジオは沈黙を守っている。外からはかすかな話し声が聞こえてきた。

オズグッドはあわてて立ちあがった。恐怖に追い立てられ、用心深い足取りで彼はダイニングルームからキッチンに入った。昏睡しているホーキンズとウェイトレスたちの恐ろしげな姿を見て身震いせずにはいられなかった。小刻みに震える手で壁ぎわの戸棚を開けると、そこにはソースや調味料の瓶が並んでいた。オズグッドの全身から冷たい汗が噴きだした。そして、目を大きく見開いた。あったのだ。声が言ったとおり、それが片側に離れて置かれていた。古めかしいフラスク。銀メッキでツタの絡まる輪がデザインされている。

彼はそのフラスクを棚から取った。両手の震えが止まらない。フラスクにはねじ蓋が付き、黒檀で仕上げた原寸大の黒いブドウの実が三個、飾りとして付いていた。オズグッドは必死の思いで蓋をひねった。開かなかった。もう一度ひねる。今度は開いた。彼は蓋をはずした。手が滑り、蓋は音を立ててテーブルに落ちた。彼は跳びあがるほど驚いた。

彼は瓶を持ちあげ、慎重ににおいを嗅いだ。

ディナーで使われた八個のカクテルグラスがテーブルの端に置いてあった。声が言ったとおり、酒があった。オズグッドは落ちつかない手つきで酒をこぼしつつ、どうにか八人分を注ぎ分けた。八個のグラスのうち、七個に青酸を加えた。そして、フラスクを戸棚に戻して扉を閉めた。フラスクと扉の指紋は注意深く拭き取っておいた。

彼は懸命に動揺を抑えつつ、トレイを客間まで運んだ。トレイをテーブルに置いたとき、外から話し声が聞こえ、オズグッドは不敵な笑みを浮かべた。彼らのなかの誰が首謀者であろうと、みごとにその裏をかいてやろうではないか。罪のない人間六人が巻き添えで命を落とすはめになっても、このジェイスン・オズグッドを殺そうと狙った者を死に至らしめるためならささやかな代償にすぎない。

銀色の時計の黒い針が刻々と十一時十分前に近づいていた。オズグッドは寝室の戸口に近づいてドアを開けた。ジーンはまだ床に膝をついて調べていたし、シルヴィアはキャビネットの前に立って引き出しをふたつ開けていた。

「これといって疑わしいものは何もないわ」と言ってシルヴィアはオズグッドと目を合わせた。「報告の時間かしら？」

「そろそろ集まろう」とオズグッドが答えた。マーガレットが浴室から姿を現わした。

「高級な石鹸とヨードチンキ、マーキュロクロム、絆創膏《ばんそうこう》、そういうものがいろいろあったけど、危険なものは特にないわね」

オズグッドはパティオ側の扉に近づいて男たちを呼んだ。

「もうすぐ十一時だ」全員がそろうとオズグッドが告げた。「招待主が約束を守るのであれば十一時になんらかの攻撃を仕掛けてくるだろうから、われわれはここに集まっていたほうがいいと思う」

「パティオの状況について報告を聞きたいかね？」ティム・スレイモンが問いかけた。

「不気味な発見があったぞ」

「ああ、このペントハウスがどういう設計になっているのか、ぜひ知りたいね」オズグッドが答えた。「じゃあ、まずは……」

「カクテルを用意してくれたんですか？」ハンクがトレイに目をやった。「これはうれしいな」

「おっと、そうなんだ……忘れるところだったよ。キッチンをあれこれ見ていたとき、あの声が言っていた酒があることに気づいてね、たぶん、みんなも飲みたいんじゃないかと思ったのさ」

「すばらしい」とハンクが喜色満面で言った。「今ほど一杯やりたいときはないよ」

「わたしたちも同じ気持ちよ」シルヴィアが同意した。

オズグッドは用心深く自分用のグラスをトレイから取り、陽気そうな笑みを見せてグラスを掲げた。ハンクが別のグラスを取り、ひとつをジーンに渡した。残る人びともうれしそうにそれぞれグラスを手に取った。

「では――」とハンクが音頭を取った。「――ここにいるみんなが素敵な墓碑銘を刻めますように」

「飲んではいけない！」ラジオから鋭い命令が飛んだ。

「な、なんだ、今のは？」ピーターが言った。

全員がグラスを高く掲げたまま呆然と立ち尽くした。そして、同じ衝動に駆られたようにいっせいにジェイスン・オズグッドを見た。オズグッドはその場に立ったまま、虚ろな目で空《くう》を見つめていた。顔は緑がかった不快な色味に染まっている。ジーンの口から出かかった恐怖の悲鳴は招待主の声にかき消された。

「諸君、わたしにとってこのうえない喜びとなるが、大銀行家のミスター・ジェイスン・オズグッドはあと三分で死ぬ」

ジーンがかん高い声を洩らした。残る六人は麻痺《まひ》したように棒立ちのままオズグッドを見つめたが、不意にドクター・リードが歩み寄った。「ジェイスン！」彼は大声で呼びかけた。「ジェイスン！」

シルヴィアが片手でさえぎり、ドクター・リードを引き留めた。

「触っちゃだめよ」彼女はささやくほどの小声で制した。

空虚な表情で一点を見つめるオズグッドは何も気づかない様子だった。手からグラスが落ち、液体が黒っぽい染みとなって絨毯に広がった。人びとは恐怖で言葉も出ないまま彼を見ていた。ひとりの人間の終焉《しゅうえん》を目の前で見届けるように。

顎が垂れさがり、目は恐ろしいほどふくれあがった。全身が激しく震える。そして、ジェイスン・オズグッドは椅子に倒れこんだ。

「彼は……死んだのか！」ティム・スレイモンがしゃがれ声でささやいた。

「死んだ」ドクター・リードは呆《ほう》けたように同じことを言った。

「ひとりめだ」ピーターが言った。

「やっぱりそうだ！」ティムが声を張りあげた。「これだったんだ……あの棺を見てわかった……われわれが使うように仕向けられて……」

「棺ですって？」マーガレットが聞き返した。「ティム……棺って、なんのこと？」

彼女はひどく興奮して彼の腕をつかんだ。「なんの棺なの、ティム？」

「パティオにあるんだ」彼は椅子にぐったりとすわりこんだ。「八個の棺が」

「なんて恐ろしい」シルヴィアが小さくつぶやいた。

「諸君」招待主の声が響きわたった。

「このクソやかましい悪魔め！」ティムが叫び、ラジオめがけて突進しようとした。

ハンクが荒っぽく彼の両腕をつかんで止めた。

「触っちゃだめだ、ティム！」

声は平然として話を続けた。人びとは一抹の安堵を感じつつ、むくんでゆがんだ椅子の死体から注意をそちらに向けた。マーガレットは両手で顔を覆った。「わたくし、殺される前に死んでしまいそうだわ」

「諸君」声が話している。「ゲームの一回戦はわたしの勝ちだったようだ」

嘲笑するように片隅の小型時計がチャイムを十一回、打ち鳴らした。

6

一瞬、人びとは部屋に広がる信じがたい衝撃に凍りついた。やがて、ドクター・リードが涙を拭うように片手で目もとを払った。

「彼は親友だった」ドクター・リードが低い声で言った。「彼ほどの人物はこの世に多くはいない」

「とても現実とは思えませんわ」マーガレットの声は疲れきっていた。「わたくしにはわからない。ジェイスン・オズグッド……彼ほど生気にあふれた人はいなかったのに」

「あの……このままずっと彼を見ていなきゃいけないの?」ジーンは今にも悲鳴をあげそうだった。「この椅子をどこかへ移して……お願いだから……」

すばやくハンクが椅子をくるりとまわし、椅子の背で死体がジーンから見えないようにした。ピーターは震える手を煙草に伸ばした。「それって……どこか別のところへ置けないかな？」

「そのまま手を触れないようにすべきでは……」とシルヴィアが異を唱えかけたが、ハンクが驚愕の声とともに跳びあがった。

「そのまま……これを？　シルヴィア、それじゃみんながおかしくなっちゃうよ。法的義務とやらは理性を保てる場合だけにしてほしいな……これはどこか目に触れないところに移すべきだ！」

「棺だ！」ティム・スレイモンが呆然としたまま言った。「あそこの棺に……ほら……われわれの人数分が並んでいたあれに……みんながこんなふうに殺されたときのために……」

ラジオから銅鑼の音が三回鳴り響いた。人びとはまるで息抜きを求めるようにいっせいに振り返った。

「死体が目の前にあっては今夜のせっかくのお楽しみが半減するだろうし、諸君の残された時間を存分に味わってもらうためにも、敗者にふさわしい場所はすでに用意してある。ヤシの木と夜空を仰ぎ見る場所、われわれのゲームの残響が聞こえない場所。すなわち、群生するヤシの木になかば隠れるパティオの一隅に、美麗な棺が八個、置かれている」

「棺だって？」ハンクが放心したように口をはさんだ。

「黒と銀色で彩られた美しい棺だ」招待主の声が言った。

「まさか……あれのことか」ドクター・リードがつぶやいた。「たしかにあったぞ……八個の棺が」

「誰かがジェイスンを殺した」不意にマーガレットが言った。「誰かが……ジェイスンを……殺した。でも、誰が？」

「わたしにはわかるぞ」ドクター・リードが鋭い口調で言い放った。「ジェイスン・オズグッドは友人だった。とても親しい友だった。この殺人犯を決して見逃したりはしないからな」その声に乱れはなく、目はすばやく周囲を見まわした。そして、いきなり椅子から跳びあがり、ティム・スレイモンに人差し指を突きつけた。

「おまえだ！」彼は憤怒と恐怖で声を震わせながら叫んだ。「おまえはジェイスンを憎んでいた。何年ものあいだ、彼を追い落とそうと画策してきて……そして、ついにやり遂げた」

「ドクター・リード！」ハンクが声をあげ、一方、ティム・スレイモンは大きな体に怒りをみなぎらせ、愛想を尽かしたように学部長に背を向けた。

「本気でおっしゃってるわけじゃないでしょう」シルヴィアが落ちつき払って諭した。

「もちろん、本気だとも」ドクター・リードは激情に駆られて言い返した。「これは……」

「ティム、あなたが彼を憎んでいたことはたしかだわ。みんなが知っていることよ」マーガレットが指摘した。

ティムは振り向いたが、諌めるようにシルヴィアから手をかけられ、握りしめた拳から力が抜けた。「そのとおりだ、わたしは彼を憎んでいた。しかし、殺してはいない。むろん、わたしを批判するのは勝手だが、わたしに殺せるはずのないことは誰の目にも明らかだろう。彼に手を触れてすらいないんだから」

「もちろん、ティムに殺せるわけはない」ピーターが認めた。「ティムはパティオであなたと一緒にいたんだし、そのあいだずっとオズグッドはここでひとりきりだったんだ」

「ドクター・リード」シルヴィアが話しかけた。「お友達の突然の死に動揺して分別を失っただけでしょうし、ティムはあなたの発言を咎《とが》めはしないと思うわ」

ドクター・リードはじっと立ち尽くし、返事はしなかった。その視線はティムに貼りついたままだったが、一方のティムは慎重な手つきで新しい煙草に火をつけていた。そして、口を開いた。

「ドクター・リード、謝罪があろうとなかろうと、わたしは衝動に任せて君を殴り倒したりはしないよ。ジェイスン・オズグッドがどうして死んだのか、わたしにはまったくわからない。彼とはディナーの前にほんの数分話をしただけだからね」

「ミスター・スレイモン」ドクター・リードの言葉つきは落ちついているようだが、その端々から強い怒りが滲《にじ》んでいた。「わたしはいっさい謝罪しないし、言ったことに間違いはないと信じている。たしかに、君がジェイスン・オズグッドを殺したという事実を証明はできない。だが、君とジェイスン・オズグッドが、仕事面でも私生活でも長らく互いに反目していたことは、わたしだけでなく、ここにいる誰もが知っている。時間がたつにつれて君らの張り合いはどんどん苛烈になっていった。彼の死によって君や同胞たちがニューオーリンズの政界を牛耳ることになるし、君とミス・シルヴィア・イングルズビー、そのお仲間たちは市庁舎の不正利益をまんまと懐に入れられるわけだ。ここにいる面々の前であらためて言わせてもらうが、ジェイスン・オズグッドの死の責任は君にあるとわたしは信じる。方法まではわからないがね。オズグッドという最後の障害が死んで利益を得るのは君しかいないんだからな」

「ドクター・リード、言葉を慎まないと！」ピーターが注意をうながした。

「ティム、あなたも彼を殺せば？」ハンクが言った。

「わたしはね、長く苦しい経験を積んでいるからこそ、どういうときに怒りを抑えるべきか、よくわかっているんだ。ドクター・リードのふるまいは実に見苦しい。真っ先に疑われそうな人物にオズグッドの死の責任を押しつけようと躍起になっているそのさまを見て、ある疑問が脳裏に浮かんだよ。ひょっとして、彼は自分自身から嫌疑をそらそうとしているのではないか、と。もしもドクター・リードがこの一件の首謀者であるなら、ぜひとも正面扉を開けてもらいたいね」

「みんな、どうかしてるんじゃないのか！」ピーターが大声で言った。つられるように怒りと恐怖の言葉が人びとの口からほとばしり、混乱があたりを支配しそうになったそのとき、招待主の声が室内を切り裂いた。例によって冷静で感情のない声だった。

「友人諸君……」

人びとはまるで脅迫を受けたように衝動的にラジオから後ずさった。

「友人諸君、どうか落ちついてもらいたい。この男の死には君らの誰ひとりとして関わっていない。先ほど話したとおり、今夜は君たちひとりひとりがみずからの死に責任を負うことになる。ジェイスン・オズグッドに死をもたらしたのはジェイスン・オズグッド自身なのだ」

「でも、そんなこと、どうかしてるわ！」シルヴィアが叫んだ。

「諸君、君らのなかで最初に死ぬのは最も生きるに値しない人物だとわたしは言った。その約束を守ったまでだ。君らに勧められた飲み物は、残念ながら忠誠心の証しではなかった。あの酒は君らを殺すために用意されたのだ」

声はいったん止まり、ラジオから雑音が洩れた。室内には粘っこい静寂がみなぎった。

「あの飲み物を君らに勧めた客は君らの友としてはふさわしくない人物だった。今夜、このゲームへの参加を望まない者がいれば、毒という手近な方法を使って逃れることができるとすでに説明しておいた。青酸の瓶を見れば臆病風に吹かれるだろう。しかし、あれは自殺用であって、殺人のために用意したものではない。君らにあの飲み物を勧めた客はあまりに臆病で、理性が恐怖に打ち負かされてしまったのだ。君らのなかにわたしと結託している者がいると考え、仲間である客たちを抹殺すればパーティを続ける意味がなくなり、自分だけはすんなり逃げおおせると身勝手な解釈をしたのだろう。そこで、ひとりになるわずかな時間を確保し、飲み物の用意をして七人分に毒を盛った。残念な話だが、その毒酒は君らを狙ったものだ。

わたしが介入しなくても彼はみずから命を絶つはめになっただろうが、残る客人の殺害を許すわけにはいかなかった。だから、事前に警告したのだよ。彼は自分で自分の命を奪ったのだ」

「でも、彼は何も飲んでないぞ！」ハンクが叫び、当惑顔でラジオを見つめた。

「そう、何も飲んでいない」声が落ちつき払って答えた。「しかし、自殺による逃避を考える者がいるかもしれないので、念のためフラスクには二重の仕掛けがしてあるのだ。あのブドウの飾りが付いたねじ蓋には注射針が巧妙に仕込まれていて、そこからテトラエチル鉛が噴きだす。蓋はきつく閉まっていて、ねじって開けようとしたときに針が手の数カ所に刺さり、毒が血中に流れこんだのだ。速やかに死に至る猛毒だよ。諸君、そこまで念を入れたのは理由があってのことだ。青酸を飲むつもりで蓋を開けるのであれば、はなから死ぬ気なのだから文句はないだろう。別の毒物が加わっても死が早まるだけだ。だが、これだけ用意周到に準備したのは、自殺以外の目的でフラスクを開ける者にわれわれのゲームを妨害されては困るからだ。死亡した客はみずから死を招いたという結論に諸君も同意してもらえると思う。なおかつ、このなかで最初に死ぬ者は最も生きるに値しない人物であるという点でも納得してもらえるだろう」

「こんなこと、ありえないわ」マーガレットが虚ろな表情でつぶやき、椅子にぐったりとすわりこんだ。

「でも、現実に起きていることだ」ピーターが苦笑を浮かべた。彼はグラスのひとつを手に取り、慎重に鼻を近づけた。「なるほど、青酸だ。においでわかる。彼はぼくら全員に相当の量を入れたんだな」

ドクター・リードは気まずそうに腰をおろした。「ミスター・スレイモン」と彼は悲しげに呼びかけた。「わたしの発言を謝罪する。あやうくわたしも飲んでしまうところだった……」

「もういいよ」ティムが答えた。

「お願い、彼をどこかへ移して」ジーンが必死に訴えた。

「ああ、どこかへ片づけよう」ハンクがうなずいた。

「あの棺を使うしかないだろう」とティムが提案した。

「ええ、ぜひそうしてちょうだい」シルヴィアが言った。「ひどいことだけど、でも……」

「ぼくがやろう。誰か手を貸してくれないか?」ピーターが進みでた。

「でも、わたしたち、一緒にいるべきだと思い知らされたばかりよ」シルヴィアが穏やかに言葉をはさんだ。

「そうとも」ハンクが同意した。

「多少離れることはあってもぼくらはほぼお互いの視野に入っていたのにな」とピーターが言った。「ぼくはオズグッドがキッチンへ入っていくのを見たし、飲み物を持って引き返してくるところも見ていた。でも、まさかあんなことをしていたとは……」

「ああ、誰にもわからなかった」とティム・スレイモン。「しかし、彼が酒に青酸を入れるところは見ていないんじゃないか？　さあ、ピーター、一緒に死体を運ぼう。ほかのみんなはわたしたちから目を離さないでくれたまえ」

ジーンは身震いし、すがるようにマーガレットの肩をつかんだ。ピーターとティムは先ほどまでジェイスン・オズグッドだった重い肉体を持ちあげた。ハンクがパティオに通じるドアを開けた。死体はヤシの木の奥に運ばれていき、人びとはその様子を見守っていた。

「あの木の向こうにあるんだ……八個の棺が」ティムがつぶやいた。

たしかに、ヤシの木の葉陰になかば隠れて八個の棺が、梱包用の大型木箱のように隙間なく並んでいた。一本のヤシが横倒しになっていたが、それは少し前にティムが死体に仰天して引っくり返したものだった。そばの敷石には照明の光が落ち、例の見知らぬ男の死に顔を照らしていた。

マーガレットが体を震わせ、両手で顔を覆った。ジーンはもはやひとりでは立っていられないと言わんばかりに壁に寄りかかっていた。ドクター・リードのいかにも学者らしい整った顔はデスマスクのようだった。シルヴィアはそのそばに立ち、手の震えを抑えるようにしっかりと前で組み合わせていた。

ハンクが不気味な棺の列に近づいてマッチを擦り、ピーターとティムは招待主が用意した場所へオズグッドの遺体をおろした。ティムは腰を伸ばすと、敷石に横たわる黒ずんだ死者の顔に目をやった。「ピーター、こいつも見えないようにしたほうがいいんじゃなかろうか?」彼はしゃがれ声で提案した。

ピーターは手を固く握ってからまた緩めた。

「そうだね」と彼は言い、ティムとふたりで死体を抱えあげ、棺に納めた。ピーターは震える手で蓋を閉めた。

「なかに戻ろう」ドクター・リードが冷ややかな声で言った。

人びとはほとんど駆けこむように室内に戻り、勢いよくドアを閉めた。「これからどうすればいいのかしら?」マーガレットがささやいた。

「とりあえずすわりましょう」ハンクが簡潔に答えた。「そして、この犯罪の解決策を何か考えないと」

「それに、残ったぼくらが助かる方法を考えないとな」とピーターが付け加えた。「ぼくら全員が殺される予定なんだからね」

「ジーン、ここにすわるといいよ」ハンクが優しく声をかけ、彼女をソファへ導いた。彼はシルヴィアとマーガレットにも椅子を勧めると、毒酒のトレイを持ちあげた。「これ、捨てますよ。ただし……」彼は耳障りなかすれ声で言いかけて躊躇《ちゆうちよ》した。「もう耐えられないという人、いますか？」

全員が目を見開いて彼を凝視した。ラジオの前に立ち、銀のトレイに載った毒酒を勧めるハンク。まるで声そのものがいきなり人間の形となって姿を現わしたようだった。一瞬、ハンク本人も立ち尽くして彼らに視線を返した。背もたれの高いゆったりした椅子に腰かけていたマーガレットは、片側に身を寄せた。彼女は長い黒真珠のネックレスに片手をきつく絡ませていた。黒いベルベットのドレスに身を包んだ彼女の顔は、死人の顔のように生気を失っていた。シルヴィアはティムのそばにすわって彼の膝に手を置き、その濃い青緑色の目は毒酒ではなくティムに向けられていた。この場から逃れる唯一の方法に彼が屈するのではないかと案じている様子だったが、当のティムはハンクをじっと見つめるだけで身じろぎひとつしなかった。ドクター・リードは床に視線を落としている。ピーターは彼のそばに立ち、学部長がすわっている椅子の背を両手でつかんでいた。ソファにはジーンがすわり、ひどく緊張しているのか藤色のドレスが小刻みに揺れていたが、差しだされたトレイの毒酒にはかすかだが挑戦的な眼差しを向けた。

「じゃあ、捨てますからね」とハンクが言った。彼は窓辺に近づいてトレイを傾け、中庭に毒酒をグラスごと捨てた。グラスは軽い音を響かせながら敷石に当たって砕けた。ハンクが窓を閉めた。「まっとうな酒はまだたくさんありますよ。一杯やりたければどうぞ」と彼は付け加えた。

ドクター・リードが顔をあげた。「飲んでもだいじょうぶなのかな?」

「もうこれまで飲んでるじゃないですか」とピーターが言った。「それに、あの招主とやらはいろいろ仕掛けをしてるんだろうけど、嘘でごまかしてはいない。われわれが遭遇する危険については事前に警告してましたからね」

「だったら、念のため、飲み物はそれぞれが自分で注ぐようにしよう」学部長が提案した。

「それがいいと思いますね」ピーターは肩をすくめて同意した。

ハンクは不安そうにラム酒を注ぎ、勢いよくあおった。「飲みたい方がいればどうぞ」彼はそっけなく言った。「これはいい酒だし、みんな、一杯やったほうがいいと思う」彼は部屋を歩いて残る面々と対峙《たいじ》した。

「みんな、聞いてほしい」ハンクはぶっきらぼうに言った。「ぼくたちはここにいて、これから死ぬと言われている。もちろん、誰もが自分の身の安全を第一に考えたいだろうけど、でも、今しがた思い知らされたのは、ぼくらをここに呼び集めた極悪人にへたな小細工は通じないという恐ろしい事実だ。ひどい状況ではあるが、なんとか冷静さを失わずにいれば真相にたどりつけるだろうし、無事に切り抜けられると思う。おや、なんだ、あれは？」

ラジオから銅鑼の音が響いていた。全員が身を乗りだした。音は二度、三度と鳴った。

「諸君のなかで次に死ぬ者は、時計が十二時を打つ前に命を落とすだろう」招待主の単調な声がゆっくりと告げた。

「先を続けてくれ、ハンク！」ピーターが声をあげた。「話の続きを！　もし何か考えがあるなら聞かせてくれ！　冷静でいようとは思うけど……でも、だめだ、考えられそうにない。ここから逃れる方法を思いついたならどんな小さなことでもいいから話してほしい」

「しっかり考えれば首謀者の正体がわかるかもしれないわ」とシルヴィアが言った。

「しっかり考えればね！」彼女は必死の面持ちで繰り返した。

ハンクは片手で額を拭った。「とにかく、自分だけの保身は捨てて、みんなで力を合わせないことにはどうにもならないよ。まずはお互い率直にならないとね。上品に口を閉ざしている場合じゃない。こういうことは言いたくないけど、でも、この凄惨なパーティーの招待主がここにいる誰かの知り合いという可能性だってあるんだから」

「そんなこと言わないでちょうだい」ジーンが訴えた。「今夜のことについて何かしら知っている人がわたしたちのなかにいるかもしれないなんて、考えるだけで恐ろしいわ」

「もちろん、ひどい話を持ちかけていることは自分でもわかってるよ」ハンクが言った。「そんなことはありえないと思ってる。たぶん、ありえない。それでも、可能性は捨てきれないだろう。こういう状況下で無事に切り抜けるにはあらゆる可能性と向き合わなきゃいけないし、誰かの気持ちを傷つけるかどうか斟酌《しんしゃく》している余裕なんてないんだ」

「そのとおりよ」シルヴィアが賛同した。「たとえ気持ちを傷つけられたって死ぬよりはよほどましですもの。だから、わたしがこのラジオ男と結託していると思う人がいるならそう言ってちょうだい。わたしは決して一味ではないけれど、なんらかの役に立つのであれば疑われるくらいどうということはないわ」

ハンクは乱れた髪を手櫛《てぐし》で撫でつけた。「ありがとう、シルヴィア」彼はこれほどの混乱のさなかでも依然として冷静なシルヴィアに目を向けた。彼女の月明かりにも似た存在感が彼を勇気づけているようだった。「シルヴィア、あなたはすばらしく理性的な人だ。今回の件、どう思いますか？」

「わたしたち全員を殺害するためのすばらしく理性的な策謀だと思うわ」彼女は落ちついて答えたが、その声は伸びきったワイヤーのようにか細かった。

ピーター・デイリーが身を乗りだし、シルヴィアの何ごとにも動じない青緑色の瞳をじっと見つめた。「シルヴィア、君の死を望むような人物に心当たりでもあるのかい？」

「さあ……どうかしら。そんな人はいないと思うけれど。わたしはいたって無害な人間だから」

「そうなの？」ソファからジーンが声をあげた。

人びとは驚いて彼女を見た。ジーンは冷静で決然としていた。「だって、シルヴィア、あなたは無害な人じゃないもの。わたしもそうよ。ピーターもハンクもティムもそう。わたしたちのなかに無害な人間なんていない。わたしたちがいなくなれば心から安堵する人がどこかにいるでしょうし、それくらいのことはみんなが知ってるんじゃないのかしら」

ジーンの突然の発言に少しは緊張が解けたのか、ハンクが彼女に顔を向けた。「ぼくも同じことを考えていたんだ。ぼくらの死を望んでいるやつがいるとね」

「でも、わたしの死を望んでいる人物なんて、思い当たらないぞ」とティムが言った。

「誰かがわれわれ全員の死を望んでいるんだ」ピーターが言った。

「話し合うにしてもいやな話題ね」ジーンが弱々しく言った。

「もちろん、気分の悪い話だ」ピーターがあいづちを打った。「まるで自分の解剖に立ち会っているみたいだよ。でも、ハンクの言うとおり、この問題には真正面から向き合わなきゃいけない。われわれのせいで望みを奪われ、復讐を誓っているやつがいるんだから」

「でも、わたしは誰からも何も奪ったことはないぞ」ドクター・リードが強い口調で反論した。

「ちゃんと考えてくださいよ」ハンクが唐突に言い返した。彼は一歩、足を踏みだした。「もしぼくらが生きていなければ誰かがもっと多くの利益を得ていたかもしれないのに、そういう事実に気づいていない人なんてこのなかにいるんですか？　他人を踏み台にして自分だけいい思いをしてきたという自覚のない人間が？　ドクター・リード、あなたのことを目障りだと思っている人物に心当たりはないんですか？」

「あるとも！」と叫んでドクター・リードが勢いよく立ちあがった。「おまえだ！　自分でもわかってるだろう。わたしを憎んでいるくせに。そうやってにやけた間抜けづらをしながら……」

「なんだと！」ハンクが大股で近づき、教授の両肩を荒っぽくつかんだ。「そうやってぼくのことを殺人犯ぽいとかにやけた間抜けだとか言いたい放題に言っていられるのは、ぼくが持てるかぎりの自制心を働かせて逆上しないように必死にこらえているからだ！　相手が誰であれ、こういうことには辛抱強く立ち向かいますよ、ぼくは。でもね、ドクター・リード、あらかじめ警告しておきますけど、のんびりとぼくの死をながめるつもりでいるなら、断末魔の苦しみなんてぶざまなところは決して見せないから……」

「ハンク！　ドクター・リード！」ピーター・デイリーがどうにか抑制の効いた声でたしなめた。

「すまない」ハンクが椅子にどっかりすわりこみ、両手で額をかかえた。「いっときの感情に任せて愚かなふるまいをするという、ぼくならではの才能を発揮しちゃったみたいだ。とりわけタイミングの悪いときにね」彼は苦笑らしきものを口もとに浮かべた。「申しわけありません」彼は学部長に向かって言った。

「わたしも悪かった」ドクター・リードはためらいがちに答えた。「気が動転してしまって。わたしのせいだ」

ハンクは自分のグラスに酒を注ぎ、迷いを消すように頭を振った。「いえ、ぼくのせいです。今回の件でお互いの責任について腹蔵なく話し合おうと提案したのはそもそもぼくなのに、いざ自分のこととなると潔く認められなかった。われながらバカですよ」

「そんなことはない」ドクター・リードはいささか苦しげに否定した。

「ハンク、ぜひ続けてちょうだい」シルヴィアがうながした。「わたしたちのなかに誰かの死を楽しもうなんて人がいるとは思えないけど、もしもそういう心当たりがある人がいるのであれば、きちんと知っておきたいわ」

「では、まずドクター・リードから始めるべきでしょう」ハンクはふたたび落ちついて話しはじめた。「ドクター・リード、もう決して取り乱したりしませんから。ぼくにはあなたを殺す動機があると本気で思ってらっしゃるなら、どうか詳しく話してください。ここにいる全員に」

「わたしが愚かだったんだよ」ドクター・リードはぎこちなく弁明した。謝罪に追いこまれることなど久しくなかった彼にとっては耐えがたい発言だった。「しかし、率直に話をしようと思う。君が大学教員の職を追われて以来、わたしに対する恨みをずっと抱いていたのではないかと、とっぴなことを考えてしまったんだ」

「たしかに、そのとおりですよ」ハンクは穏やかに認めた。「われながら恥ずかしいけど、でも、それは事実です」

「ハンクはわたしのために脚本を書いてくれたことがありました。その原稿は購入には至らなかったけど」ジーンが微笑んだ。「でも、だからといって彼がわたしを殺すとは思わないわ」

ハンクが彼女に顔を向けた。「ジーンの生き生きとした個性は、こういうときには本当にうれしいよね。もちろん、脚本を却下されたくらいで君を殺しはしないさ。とにかく、あの脚本はもうなしだ。原案をピーターに渡して彼がそれを元に作品を作ったからね」

「申しわけないけど、本題から逸れてきているわ」とシルヴィアが指摘した。「ハンクはドクター・リードに恨みがあることをみずから認めた。このまま話を続けていけば手がかりにつながる発見があるかもしれない」

「そうだな」ドクター・リードが言った。「たしか、ハンクは今夜のことをわたしが計画していたというようなことを言った。彼に説明してもらえばいいんじゃないのか」

「いや、自分でもなんでそんなことを言ったのかわかりません」ハンクが答えた。「ちょっと頭が混乱していたから。誰かを殺すのかといきなり責めたてられたら動揺しますよ」

「それは認める」ドクター・リードが作り笑いを見せた。

「どうも」とハンクが答えた。「では、先へ進めましょう。一般に殺人の第一の動機は金です。われわれが死んで経済的に利益を得るような人がいますか？」

「わたしには当てはまらないな」とティムが答えた。「すでに遺言書は作ってあるし、遺産はすべて妻と娘たちのものになる。友人たちにささやかな遺贈分を残しはするがね」

「その受取人に大きな影響をもたらすほど多額の遺贈はありますか？」ハンクが容赦なく尋ねた。

　ティムはほんのわずかにためらった。「いや、そういうことはない」

「ティム」シルヴィアが穏やかに声をかけた。「隠さずに話すべきだと思うわ」

「それはできない」

「ティム」とハンクが言った。「今夜ここで秘密を打ち明けても誰ひとり口外はしないと思いますよ。お互い腹を割って話さないことにはぼくらの死につながりかねない」

ティムは葉巻きを強く噛んだ。

「シルヴィアに二十万ドル残すことになっている」

全員が愕然とした。シルヴィアは驚愕で目を見開き、ティムを見つめた。

「ティム……まさか！　どうしてそんなことを！」

「君はわたしにとって最高の友人だからだ」ティムは断固とした口調で答えた。「君のおかげでわたしはもっと多くの金を稼いできた」彼は組んでいた長い脚をほどいた。

「さて、皆さん、これでわたしには何も後ろ暗いことがないとおわかりだろう。遺言書にシルヴィアの名があることは彼女は今までまったく知らなかったわけだ。だいいち、彼女がそれを知ったところで遺産めあてにわたしを殺そうとはしない。どうかね、満足してもらえるかな？」

「実際のところ、シルヴィアが金に困っていないことはみんなが知ってますからね」

ハンクが快活に言った。「仕事は順調なんだし。じゃ、この話はおしまいということで」

シルヴィアが部屋を横切り、煙草を手に取った。そして、振り向いた。

「この際、正直に話しておくけど、わたしには一セントもないわ」彼女は毅然と言いきった。

「まさか！」ピーターが驚きの声をあげた。

「わたし、浪費家なのよ。昔からお金の管理ができないの。今だって当座預金に三百ドル、このパーティーに持ってきた小さなバッグに七ドルと小銭が少し、それがわたしの全財産よ」

「今までにこれほど驚いたことはないわ」ジーンがゆっくりと言った。

ドクター・リードはピーターのほうに身を寄せて話しかけた。

「このご高説はいっさい信じられないね」彼は小声で言った。「収賄の告発を阻止するチャンスとみるや、必ず窮乏の申し立てをするんだ」

「彼女に金がないとは考えにくいですね」シルヴィアの発言に人びとが仰天するなかでピーターがこっそりと同意した。「彼女が金を稼いでいるとお考えならなおさらだ」

「稼いでるんじゃない、奪っているんだ」ドクター・リードは皮肉っぽく言いなおした。

ピーターが唇を噛んだ。「ぼくは昔からシルヴィアが好きでしたよ。悪徳弁護士呼ばわりのゴシップは、政治的な敵意によって流されたものがほとんどじゃないかという気がします」

ドクター・リードはそっけなく肩をすくめた。ピーターはジーンの声に込められた驚嘆の念に気づいた。

「シルヴィア、あなたはたくさんのお金を稼いでいるのに」と彼女は言ったのだ。

「いつも借りているのよ。いろんな人から借りて、今は九千二百ドルほど借金があるわ」シルヴィアは椅子に戻って腰をおろすと、疲れた様子で顎に片手で当てた。「わたしの名前がティムの遺言書に書かれていることは知らなかったけど、その証明はできない。たとえ二億ドルもらえるとしてもティムの死を望んだりしないけど、それも証明できないわね」

ティムはぎこちない足取りでシルヴィアのそばに寄り、彼女の肩に大きな手を置いた。

「シルヴィア、犯罪者みたいな真似はやめなさい。このとおり、わたしはまだ死んでいないし、生きているかぎりは、わたしの殺害で君が責められるなんてことはありえないんだ」

シルヴィアは顔をあげて作り笑いを浮かべた。「もちろんよ、ティム。わたしたち、逆境には強いものね」彼女は挑むような口ぶりで付け加えた。

「そう願いたいよ」ティムは微笑んだ。「しかし、わたしの殺害をもくろむ人間がいるとは考えられない。そりゃ、わたしを極端に嫌っている連中はたくさんいるが、だからといってわたしを殺そうとはしないだろう」

「君はどうだい、シルヴィア？」唐突にピーターが問いかけた。

彼女はかぶりを振った。「思いつかないわ……わたしのせいで裁判に負けた人たちから恨みを買ったとすれば別だけど」彼女はよけいなことを口にしてしまったと思ったのか、急に口を閉ざした。

「君が敗訴に追いこんだばかりの男はもう死体となって外にいる」ティムが言った。

「今さらそんな話をする必要はない」

「ええ、そのとおりね」シルヴィアは認めたが、それでも彼女の態度には気まずさが残っていた。

「気にするな、ミス・イングルズビー」ドクター・リードが冷ややかに言った。「ここにいる誰もが新聞ぐらい読むだろうし、三カ月足らず前にポール・スタンビーの遺言書が君の力で無効となった事実はよく知っていることだろう。おかげでわたしの学部がかなりの額の遺贈を奪われてしまったということもね」学部長はシルヴィアの青緑色の瞳に何か粘っこい光でも見たように彼女を直視した。

「どうぞ、お続けになったら？」シルヴィアは冷たい敵意をあらわにした。

「言うまでもないだろう。一流の弁護士の大半が威信に関わるとして引き受けないような案件でもないかぎり、君の才能を当てにする依頼人なんてほとんどいないことは、今では周知の事実だ」

「いいかげんになさい、ドクター・リード！」ピーターが大声を出した。ティムは鋭くにらみつけ、口を開きかけたが、シルヴィアが毅然と反論した。

「皆さん、わたしのために弁明してくださらなくてけっこうよ。わたしを怒らせようとする敗訴者からの誹謗中傷には慣れていますから。ただ、ドクター・リードがこの場でそういうことをおっしゃるとはね」

ドクター・リードは目をそらし、みずからの憤激を後悔するように視線を落とした。

「わたしほどの地位にある者が腹いせで人を殺すと思われるのは理不尽だ」

「そうですよ」ハンクがすばやく言った。「殺したところでそのお金はあなたの懐には入りませんからね」彼は笑みを見せ、質問の対象を変えた。「ジーンのような華やかな彩りをこの世から消したい人間がいるとは思えないけど、今回の件については彼女の意見も聞いておくべきでしょう。ジーン、君がいなくなれば自分の利益になるかもしれないと夢想するような人物がいるかな?」

ジーンが顔をあげた。一瞬、その目はまっすぐハンクを見つめたが、やがて華奢《きゃしゃ》で優美な体がこわばり、周囲の人びとを見まわした。

「わたしも訊かれるだろうと思っていたわ」彼女はゆっくりと明瞭に答えた。「答えるべきかどうか、さっきから考えていたところなの。でも、こういう質問に答えるとしたらそれは今よね。わたしが死んで喜びそうな人はひとりしかいません。それはピーター・デイリーです」

ピーターは身じろぎもしなかったが、シルヴィアが訴えかけるように手ぶりで示した。「ジーン!」シルヴィアは声をあげた。

「もちろん、あなたはこの話を続けてほしくないわよね」ジーンは苦々しい口調で言った。「この数年でシルヴィアが敗訴した大きな訴訟は数少ないけれど、そういう案件でシルヴィアが取り損ねた資産の当事者のなかにわたしもいるのよ。だから、この話題は彼女にとってはおもしろくないはず。でも、ピーター・デイリーにとってはわたしが生きているよりも死んだほうがうれしいでしょうね」

ピーターがジーンを見た。彼は慎重な足取りで彼女に近づき、向き合った。そして、見下すようにわざとらしく目を細めた。

「いや、ぼくは決して君を殺したりしないさ。お高くとまったいやな女で、思いあがりも甚だしいとは思うが、それだけだ。殺しはしない」

「この話はもういいんじゃないですかね？」ハンクが後ろめたそうに口をはさんだ。

「きっかけを作ったのはぼくなので申しわけない」

「いや、君らふたりの問題はここできちんと説明すべきだと思う」とドクター・リードが言った。

「喜んでご説明しましょう」ピーターが慇懃《いんぎん》無礼な口ぶりで答えた。「今夜はずっと荒れ模様だし、ここで決着がつけば少しは気が楽になる。先を続けろよ、ジーン。君の言い分をまずは話してくれ」

ジーンは両手で扇を包むように持つと、いつもの快活さは影を潜め、彼女にしては珍しいほど険しい顔つきで人びとと向き合った。

「皆さんも覚えてらっしゃるでしょうけど、五年前、わたしがこちらのレパートリー劇団（日替わりや週替わりで演目を替えて上演を続ける劇団）の舞台に出ていたころ、ピーター・デイリーは『アイテム』紙の劇評家でした。わたしはその劇団の主演女優だった。主役を張ることがとても誇らしかったわ。わたしには大きな野心があったし、そのために努力を惜しまなかったから。この地で成功すると誰もが思っていた。ニューオーリンズはわたしの生まれ故郷だし、この街で好評を博すにちがいないと期待されていたの。

でも、ピーター・デイリーはそれを許さなかった。この地の演劇界でピーターの評価は絶対だった。頭がいいし、街じゅうの人が彼の劇評を読んだわ。舞台に立った最初の週からピーターはわたしをこきおろした。あとで話しますけど、それには理由があったの。芝居が下手くそだとねちねち酷評するわけではないの。そのほうがまだ我慢できたでしょうに。そうじゃなくて、とても微妙でとらえにくかった。彼の表現って、皆さん、ご存じでしょう？　作品のいちばんの魅力はニュアンスを含んだ文体。言外に匂わすのが彼のスタイルなの。それをわたしにぶつけてきた。意地の悪い批評をほんの少しだけ加える。ちまちまとした指摘をする――むかつくほどに。眉をちょっと持ちあげてわたしの道化芝居をとことんおもしろがっているような書きかただった。わたしを笑いものにしたのよ。

わたしはぼろぼろになった。まだ若かったし、いい女優になろうと必死にがんばっていたのに。もちろん、それほど上手ではなかったわ。経験も足りなかった。でも、学ぶ意欲はあったの。それが空まわりしてしまった。ピーターのおかげで評判ばかり気にするようになったわ。新しい芝居の幕が開くたびに震えが止まらなかった。だって、客席には彼がいて、わたしに向かって眉を持ちあげ、その翌日にはいつもの切り口でわたしを貶《おとし》める劇評が新聞に載り、街じゅうの人が見ることになるのよ。ほかの新聞には経験豊かな劇評家はいなかったし、ピーターに右へ倣えの記事を書くのが習慣だった。そんな目に遭ってわたしがどれほど傷ついたか誰にも想像できないでしょうね。永遠に立ちなおれそうになかった。

本当に打ちのめされたの。いい演技はできなかった。暗い客席でにやつきながら見ているピーターをいつも意識していたから。結局、ニューオーリンズでのチャンスを失ったわ。追い払われた。それでニューヨークに戻った。まさにわたしの人生にとって暗黒の冬の時代よ。あれほど大きな希望を抱いてこの業界に入り、チャンスにも恵まれたのに、失敗に終わってしまった。キャスティング事務所に逆戻りよ。挫折なんてものじゃない。皆さんにはこの意味がわからないかもしれないわね。つまり、歩道を歩きながら手持ちのお金を数え、これでしのげるのだろうかと不安になることよ。キャスティング事務所で順番を待ちながら、地方の劇団の仕事をオファーされたらどうしようと思いつつ、仕事がないよりは絶対にましだと思うこと。自動販売機の食品を食べつつ、小銭すらもったいないから食べずに我慢するということ。自分が情けない人間だと思い知ることなの。

でも、光明が差したわ。ブロードウェイの端役がもらえて、それが高評価だった。やがて、『ドアステップ』で純真な娘役で主演し、そこから映画への道が開けたの。

でもね、ピーターがわたしのキャリアをつぶそうとした理由はわかっていたわ。わたしがチェトウッドを売らざるをえない状況に追いこみたかったのよ。チェトウッドはテッシュ地方にあるわたしたちの地所なの。すばらしいところでね、白い円柱が並ぶ大きな屋敷がライブオークの木立のなかに建っていて、コケが木々から垂れさがり、春にはモクレンが花を咲かせる。屋敷の背後には曲がりくねったバイユー・テッシュがゆったりと流れ、水面にはホテイアオイが群生している。デイリー大佐とトレント少佐が南北戦争後に購入したものでね。というのも、南部人の愛した美しくのんびりとした生活の痕跡が、戦後の南部再建策によってすべて消し去られてしまうことを危惧し、安息の地を確保しておきたいと考えたからなの。ふたりの遺言で、相続人全員が手放すことに同意しないかぎり、チェトウッドはデイリー家とトレント家の所有財産として永久に受け継がれることになった。残っている相続人は今ではピーターとわたしだけなの。

ところが、敷地内で石油が発見されて、買い取りたいとシンジケートがうるさく言ってきているのよ。想像してみてちょうだい。オークの木やモクレンが切り倒され、代わりに掘削機が並び立って美しい景観を破壊してしまうなんて……そんなこと、許せないわ。わたしには食べていけるだけのお金があるし、ピーターだってなんの不自由もないくせに、彼はもっとたくさんのお金を欲しがっている。だから、わたしを絶望の淵に追いこめば所有地を売却せざるをえなくだろうと考えたのよ。でも、わたしは絶対に売らない。不愉快な商業主義に走る彼のやりかたが大嫌いだし、たとえ飢え死にしそうになってもわたしの所有する完璧な美を決して手放しはしないわ。でも、わたしが死ねばピーターはチェトウッドをあの連中に売却できる。そして、油井《ゆせい》が作られ……ピーターは大金持ちになるでしょうね」

ジーンはこれが所有地の象徴だと言わんばかりに扇を強く握りしめ、辛辣な口調でさらに続けた。

「いったん失われたらこの世のすべてのお金を注ぎこんでもチェトウッドの復活はありえないのに、ピーターにはどうでもいいことなの。チェトウッドがもたらすお金が欲しいのよ。彼はシルヴィアを使って土地を売らせようと工作したけど、わたしの気持ちに変わりはないし、有能な弁護士も雇った。チェトウッドのわたしの所有分は今もわたしのものだし、相続人がないまま死なないかぎりずっとわたしのものです。もしも今夜わたしが死ねば、ピーターは半分ではなくチェトウッドすべての権利とお金を手に入れる。ピーター・デイリーがわたしの死を望むとしたらそれが理由だわ」

ピーターはまだ立って彼女を見おろしていた。目の前で丸くなる奇妙な小さい蛇でも観察するように、強く嫌悪しながらも魅了されて見ずにはいられないと言わんばかりに凝視している。

「それで終わりか？」彼が問いただした。

「ええ、終わったわ」ジーンが答えた。「今度はあなたの番よ。自分のほうが正しいと言いたいでしょうし、わたしがあなたを殺す理由についても説明するといいわ。さあ、どうぞ。拝聴しますから」

ほんの短い一瞬、室内に沈黙が垂れこめた。ジーンとピーターのあいだに交錯する敵意は目に見えそうなほど強烈で、今にも何かが起きそうな険悪な空気がふたりのあいだに大きく立ちはだかっていた。ジーンとピーターの対立から始まったこの緊迫感はあたりを支配し、同じ室内にいる人びとは誰も逃れられなかった。

ピーターは依然として反感と魅力の入り交じった目つきでジーンを見つめていたが、やがて話しはじめた。

「五年前、君がここニューオーリンズのレパートリー劇団の舞台に立っていたときも、今と少しも変わらないうぬぼれた小娘だった。しかし、君には才能があった。演劇の知識がたとえ子供並みの人間でも君の悩みの種は判断できただろうな。つまり、恐ろしく自意識過剰な自己満足の下に埋もれている才能だ。君に対して個人的な恨みなんかないさ。もちろん、信じてはもらえないだろうけどね。君が高みを目指すきっかけとなったのはぼくの劇評だし、もし褒めちぎられていたら奮いたつこともなかっただろうけど、そういうことは認めないんだ。君は決して受けいれなかった。ぼくはちゃんと言ったのに。真の女優へと脱皮するにはどうすればいいか、何度も何度もわかりやすい英語の言葉で印刷して伝えたのに。しかし、君はあまりにも自信満々で批評はいっさい受けいれない。それどころか、腹を立てる。そして、忠告など必要ないと言わんばかりに、愚かしいワンパターンの演技をさらに誇張した。劇団を解雇されたと耳にしたとき、ぼくは手をたたいて喜んだよ。『仕事を探してあちこち見て歩けば自画自賛にも飽きて、少しは頭を使い、光明を見いだすチャンスを手に入れるだろう』と言ったものだ。そして、そのとおりになった。天が君に味方して有能な監督へと導いてくれた。君は喜んで仕事を受け、監督の指示にはすべて従った。そして、成功した。君のヒット作の一本でいいから最後までじっくり見てみるといい。批評家の目で自分の演技を確認すれば、これまでぼくが指摘してきた点がひとつひとつ吸収されてみごとに花開いているんだ。でも、君は決して認めようとしない。相も変わらず傲慢で、自分を美化することしか知らないんだ。『ジーン・トレントの登場よ！　美しく、才能あふれるジーン・トレント！　みんな、わたしの演技を見て！　わたしという奇跡を見て！』という具合にね。

チェトウッドを売らせるために君のキャリアをつぶそうとしたことはないし、その証拠として、ぼくが法的に争おうとしたのは君が有能な弁護士を雇えるくらい金を稼げるようになってからだ。とはいえ……」ピーターは肩をすくめ、ジーンから顔をそむけた。「とはいえ、今夜の集まりで君を見ていると、チェトウッドの地所半分よりも全部のほうが君にとってはやっぱり魅力的なんじゃないかと思わずにはいられない。美しい女性のほっそりとした香りのいい指が首に絡みついて死んでいくなんて、男としては本望だがね」

彼はジーンのそばから離れて腰をおろした。ふたたび重苦しい沈黙が流れた。気の滅入るような暗い沈黙はどんな言葉よりも恐ろしかった。不意にシルヴィアが口を開いた。

「誰かが自分を殺そうとしているなんて、いつまで話を続けてもほとんど意味がないんじゃないかしら」

誰も答えなかった。空気は張りつめ、危機感をはらんでいた。ドクター・リードが煙草に火をつけた。突然、時を打つ細い金属音が鳴り響いた。ジーンが跳びあがった。

「十二時だわ！」彼女は叫んだ。明るい勝利の喜びが声に表われていた。

「十二時だ！」ドクター・リードがおうむ返しに言った。

時計が十二時を告げた。ジーンが声をあげて笑っていた。彼女の変貌で緊迫感が一気にゆるんだ。

「どうやらあいつに一杯食わせたようだ！」ピーターがうれしそうに大声で言った。

「十二時前にひとりが死ぬと言ったのに……どうだい、ぼくらはちゃんとそろってる！」

「そのとおりだ！」ティムも叫び、両腕を広げて心からの安堵を示した。「みんな、そろっている。生きて活気にあふれてるんだ！　やつを打ち負かしたぞ」

ジーンが両手をたたいた。「やったわ！　誰も殺されなかった！」

ハンクがラジオのほうに指を弾き鳴らした。「声よ、おまえは一ラウンド落としたんだ。さあ、今度はおまえの番だぞ。出てきて男らしく死ね」

「外に出る方法を教えろ」ピーターがラジオに向かって怒鳴った。「さあ、行こう、みんな！　一刻も早くここを出なくては。相手は無敵じゃなかった。われわれみんなで打ち負かしたんだ。どうしてこうなったかわからないが、とにかくぼくらの勝ちだ！」

彼も笑っていた。不意に訪れた勝利に酔いしれ、張りつめていた緊張感が一気に解けたのだ。プレゼントをもらった子供のように誰もが無邪気に喜んだ。

「声よ！」シルヴィアが呼びかけた。「出る方法を教えなさい！　あなたは負けたのよ」

「生きていることがこれほどすばらしいとは今まで気づかなかった」ティムが長いため息を洩らした。

「ひょっとしたら、これはジェイスン・オズグッドを殺害するための、手の込んだ計画だったのかもしれないな」ドクター・リードが悲しげに言った。

「行きましょう、マーガレット！」ジーンが歓喜の声をあげた。「早くコートを取ってらっしゃいな。ここから出るのよ！」

みんなが笑っていた。助かった喜びで有頂天になり、次々と言葉が飛び交った。ハンクはすでにパティオに通じるドアを開け放っていた。冷たい空気に乗って湿った香りが流れこみ、パティオからは風に揺れるヤシの葉音が聞こえてきた。

「さあ、マーガレット！」ジーンが大声でせかした。彼女はドレスの裾を翻《ひるがえ》しながらマーガレットの椅子に駆け寄った。「きっと失神しているのね」ジーンは心配そうに声を潜めた。「ねえ、マーガレット！」

ジーンがマーガレットの肩を揺すった。突然、彼女は悲鳴をあげて後ずさりした。マーガレットの片腕が椅子の袖から垂れ、力なく伸びていた。

「マーガレット！」シルヴィアが叫んだ。そして、彼女は立ちすくんだ。突然の恐怖で身動きができなくなったように全員が棒立ちになった。戦慄がじわじわと忍び寄る。マーガレットは動かなかった。

「マーガレット！　ねえ、マーガレット！」ジーンが大声で呼びかけた。

「マーガレット！」ドクター・リードがしゃがれ声で叫んだ。彼はマーガレットの肩に手を置くと、息を呑んで後ろにさがった。彼女の体が前のめりに倒れ、床に崩れ落ちた。

「なんということだ」ティムが小声で言った。彼は絨毯に膝をつき、人びとが呆然として立ち尽くすなかでマーガレットの脈と胸の鼓動を調べた。

「まさか……」ハンクが言いかけた。

ティム・スレイモンはうなずくと、ふらつきながら立ちあがった。

「彼女は死んでいる」ほとんどささやくような声だった。

7

ラジオから雑音が響いた。ジーンは身震いしたが、シルヴィアが腕をまわして彼女をしっかりと支えた。

「友人諸君」招待主の声が言った。「ミセス・マーガレット・チザムの死をその目で確認したことだろう。ふたりめの退場者は夜の十二時までに亡くなるという約束をわたしが守ったことも見届けたはずだ。死を迎える手段について諸君ひとりひとりからヒントを得るのだとわたしは言ったが、その約束を果たしたことも短い説明を聞いてもらえばわかるだろう」

「でも、彼女には無理だった」ピーターがあえぎながら言った。「マーガレットは動かなかったし……話もしなかったぞ」

「ミセス・チザムがすわっていた椅子のクッションをどかしてみるといい」声が話を続けた。「彼女が寄りかかっていた背もたれに、折りたたみ定規に似た細く黒いゴム製の器具が隠され、三つの留め具でつながっている。それはこのラジオと接続してあり、電線が椅子の脚から床下まで通っているのだ。ある決まった位置に椅子が置かれていると接続が開始される」

ティムがマーガレットのいた椅子からクッションを取り、厳しい顔つきでうなずいた。

「諸君が楽しい会話に浮かれているあいだにわたしはミセス・チザムの耳もとにそっと話しかけたのだ」声はさらに続いた。「それは恐ろしい秘密だったため、ミセス・チザムはよくよく考えたうえで世間とふたたび向き合うよりも死ぬほうを選んだ。その内容を五分後には全員が耳にすることになるとわたしが告げたからだ。だから彼女は死んだ」

「秘密だなんて！」ドクター・リードが叫んだ。「マーガレットに秘密なんて何もなかった。わたしは彼女と知り合って二十年になる。結婚以来のつきあいだ。ありえない」

「とにかくばかげてる」とハンクが言った。「人はそんなふうには死なない」

「長年にわたってミセス・チザムの心臓の鼓動は不安定だったはずだが、おそらく諸君は気づいていないだろう。それもまた彼女が注意深く守ってきた秘密だ。しかし、わたしが彼女に話したのはそちらではない。わたしが耳打ちしたのは、誰ひとり知るはずがないと彼女が思いこんでいた秘密——すなわち、彼女が重婚者だという事実だ」

「重婚者ですって！」シルヴィアが驚きの声をあげた。「あのマーガレットが……重婚者？」

「ミセス・チザムは二十六歳のときに二度めの結婚をした」と声が言った。「しかし、ミセス・チザムはすでに結婚していた。わたしがミセス・チザムと呼ぶのは、諸君の知る彼女がそういう名前だったからだ。だが、彼女にはその名を名乗る権利はなかった。彼女にとって法的に正しい名前は、夫ジミー・ヴィッカーズの姓しかない。彼女が十六歳のときに結婚した相手で、離婚はしていなかったのだ。

びっくりしたかね？　彼女も驚いていたよ。ジミー・ヴィッカーズの秘密はカンザス州に葬り去ってきたと彼女は思っていた。マーガレット・チザムが湿地帯出身の小娘マギー・レイノルズだったころ、彼女はカンザスに行き、そこで仕事に就いた。諸君はそれも知らなかっただろう。かつては生活のために働かねばならなかった事実を、彼女は友人の誰にも打ち明けていないのだから。

カンザスで彼女はジミー・ヴィッカーズと結婚した。だが、長続きはしなかった。

三カ月、一緒に住んだだけでジミー・ヴィッカーズはどこへともなく姿を消し、マギー・レイノルズは故郷の家族のもとに戻った。彼女は自分を恥じていた。というのも、ジミー・ヴィッカーズはマギー・レイノルズの誇大妄想的な夢や空想を実現できるような男ではなかったからだ。

そして、ゲイロード・チザムが現われた。この話は有名だ。ゲイロード・チザムは炎のように激情的な女にすっかり心を奪われ、家に連れ帰った。チザム家の跡継ぎと由緒あるプランテーション経営者の娘ミス・レイノルズとの結婚について、新聞は派手に書きたてた。しかしね、諸君、ミス・レイノルズの由緒ある家系というのは、われわれ全員が由緒ある石器人の末裔というのと同じなんだよ。

だが、マギー・レイノルズは身分違いの結婚についてゲイロード・チザムに告白できただろうか？　富と権力をやすやすと手放すことができただろうか？　いや、できなかった。それから十年、ジミー・ヴィッカーズの噂すら聞かなかった。その後もいっさい消息はなかったのに今夜になって初めて彼女は彼の声を聞いたのだ。

ミセス・チザムの華奢な耳にそっと話しかけた内容を知りたいかね？　わたしはこう言った。『マギー、ラジオの男はいったい誰だろうとずっと考えてたんじゃないのか？　これから話してやる。そうすればパーティーの出席者たちはもうあれこれ悩まなくてすむからな。おれはジミー・ヴィッカーズだ。マギー、おまえの夫だよ。おまえのためにこのパーティーを主催した。マギー、おれは西部でのひとり暮らしにうんざりしてニューオーリンズにやってきた。通りで何度かおまえを見かけたよ。見違えるほどの貴婦人に成りあがったものだな。だが、おれの扱いは気に入らないぞ。この長い年月、おれの存在を消してた。ひどいじゃないか、マギー。だから、こうして姿を見せたんだ。このペントハウスの真下のオフィスにいるから五分後にはそっちへあがっていく。マギー、おまえを殺しにいくんだ』」

招待主の声が最後に締めくくった。「こうしてわたしはマギーを嘘で殺した。それとも、彼女がプライドのために自死したと言うべきか」

ラジオの音が止まった。

「でも、なんて恐ろしいこと！」ジーンがつぶやいた。

「信じられん」とドクター・リードが言った。「不条理にもほどがある。マーガレット・チザムは……嘘だ、ありえない」

「たぶん、嘘でしょうね」シルヴィアが穏やかに言った。「でも、そのせいで彼女は死んだ」

シルヴィアはテーブルに歩み寄り、震える手で葉巻きを取ろうとするティム・スレイモンに声をかけた。

「火を貸してちょうだい」

ティムが顔をあげた。「あ、君か」彼はマッチの火をシルヴィアの煙草に近づけた。そして、低い声で付け加えた。「ゲイロード・チザムがフランスで亡くなったとき、どこか奇妙な点があったことを覚えているかい？　彼はこの事実に気づいて……それで自殺したんだろうか？」

「たしかに、ありうるわね。もし事実を知ったのであれば命を絶ってもおかしくない。彼はそういう人だった。マーガレットも気の毒に！」背後から耳慣れない音が聞こえ、シルヴィアが振り向くと、ピーターとハンクが先ほどまでマーガレットだった死体を持ちあげていた。シルヴィアは身震いした。ジーンとドクター・リードは無意識のうちにドアに近づき、事前に用意されていた棺にマーガレットの遺骸が収められる様子を見守った。

彼らが室内に戻るとシルヴィアは腰をおろしてほんのしばらく考え、やがて口を開いた。

「わたしたちはマーガレット・チザムを尊敬していたわ。今夜、耳にしたことはわたしたちだけの秘密で、決して他言しないようにしましょう」

「もちろんだとも」ピーターが同意した。

ハンクがドクター・リードに視線を向けた。学部長は周囲の混乱から取り残されたように顎に片手を当て、じっと床を見つめていた。

「何を考えているんですか、ドクター？」

ドクター・リードが頭を持ちあげた。

「分析心理学の観点からこの恐怖を解明しようと思ってね。われわれのうち、誰がこの忌まわしい犯罪の実行者であっても論理的にはおかしくない、というゾッとする結論に至るんだよ」

「まさか！　どういう意味だね？」ティムが食いさがった。

「物理的な事実について話しているわけじゃない。今夜、ここで使われた物理的方法を見るかぎり、犯行がこの建物の住人によるものだとは考えられない。だが、犯人はこの部屋にいる誰かだとわたしは確信している。残っているのは六人だ。六人のうちの誰かがほかの五人の殺害を計画したのだ。いや、待ってくれ！」ドクター・リードは片手をあげ、怒って反論しかけるティムを制止した。

いかにも学者らしい落ちつきが人びとの張りつめた関心を惹きつけた。室内が静まりかえり、ドクター・リードはひとりひとりに目を留めながら全員を見まわした。人びとは不穏なほど真剣な目つきで見返した。必死に耐えている精神的緊張が人格という殻を破り、恐怖にすくんだ感情がその裂け目から姿を現わしたようだった。彼らはドクター・リードを見つめ、さらに、互いの忌まわしい可能性を探るようにそれぞれに視線を交わした。

「男にしろ女にしろ、殺人者となりうる人物はわたしの知人にはほとんどいない。しかし、この部屋にいるわれわれ全員に殺人犯の可能性がある。待ってくれ。これから説明する」彼は長くほっそりした指先を膝に当てた。「わたしの左側にはヘンリー・L・アボットがいる。ミスター・アボット、君は気まぐれな才能の持ち主で、ひとつの目的に向かって集中することができない。君は絵を描く。新芸術系の雑誌に詩やエッセイも書いている。進歩的な経済理論の分野ではちょっとした専門家でもある。工学にも手を出した。だが、君には怠惰なところがある。価値ある対象に決して向くことのなかった君の精神力は、わたしのような保守的な人間にはかなり奇抜に思える芸術論や人生論となって表われている。しかし、それはきわめて大きな精神的エネルギーであり、かつて持ったことのないひとつの目的へと君を突き動かす相応のきっかけさえあれば、おのずと表に出てくるものだ。もしもそのきっかけがすさまじい憤怒という形で起きれば、今は少ししか表われていない力が一気に噴出し、ことによると殺人にまで至る可能性がある」

ハンクが用心深く顔をしかめた。「なるほどね。殺人犯の可能性を細かく分析されるとけっこう戸惑いますが」

「もちろん、そうだろう。しかし、分析を続け、次はティモシー・スレイモンについて考えてみよう」

「え？」ティムがたじろぎ、ドクター・リードに顔を向けた。歯を削ろうとする歯医者に見せるような渋面だった。

「さて、どんな事件であれ、殺人を呼び起こすに足る動機を検証するものだ。だとすると、ミスター・スレイモンの特徴的な反応はなんだろうか？」ドクター・リードは意味ありげに間を置いてからまた続けた。「この地域でミスター・スレイモンは権力者だ。暴力的で、違法とも言われる争いで手に入れた権力。目的を達成するためならいっさい遠慮はしない男として悪名高い。彼の経歴はそもそもの初めから非情な抗争の連続で、それも目的より手段に神経を注いできた。報復のために人殺しはしないだろうが、目先の目的のためなら殺人も辞さないだろう。彼のキャリアを脅かすような人物がいて、排除するには殺すしかないとわかれば、抹殺という手段を選ぶこともありうる」

「ご高説をどうも」とティム・スレイモンが言った。その声にはほんのかすかな冷笑が感じられた。

ドクター・リードはうろたえることなく話を続けた。

「ミス・シルヴィア・イングルズビーは冷徹な女性として名高く、感情や不安をおくびにも出さない。法曹界の仕事ではどれほど混沌とした状況でも冷静に判断を下し、羨望の的となるような名声を確立している。記憶に新しいが、神経が擦り切れそうな今夜の混乱のなかでもミス・イングルズビーは決して動じなかった。残るわれわれにはできなかったことだ。こうした極端な自制心は、たまに動転してしまうわれら哀れな凡人にとってはそら恐ろしい。ミス・イングルズビーにも普通の感情があるにちがいない。ここまで厳しく封じこめるのは不自然だ。もしこの不屈の自制心がかつてないほどの苛烈な緊張にさらされたら、どのような破綻に陥るだろうか？　通常の癇癪《かんしゃく》やヒステリーではなく、悲劇的な事態となり、鬱積していた感情が爆発してミス・イングルズビーを狂気の淵に追いこむのではないか？」

彼はシルヴィアを見た。彼女は冷ややかな目でその視線を受け止めた。

「とても独創的なご意見ですわ、ドクター・リード」彼女は物静かに言った。そして、いつもの穏やかな微笑を浮かべた。「自分が殺人者になりうると考えたことは一度もありませんけど、でも、否定したところで無駄なんでしょうね。ここにいるどなたも信じないでしょうから」

ドクター・リードはすでにピーター・デイリーに目を向けていた。

「ピーター・デイリーは類いまれな想像力に恵まれた人物だ。また、彼の作品を読んだ者ならわかるだろうが、人間の動機に関する深い洞察を折りに触れて示している。だが、そうした才能が災いとなる場合も多々あるのだ。犯罪学の父と呼ばれるチェーザレ・ロンブローゾが提唱したとおり、才能と狂気の境界線は存在しないことが多い。仮にミスター・デイリーにもこの学説が当てはまるとすれば、これほどの無軌道な騒ぎは偉大なる才能が邪道に陥った証しとして理解できるだろう」

ピーターはかすかに青ざめた。彼は何も言わなかった。

「ジーン・トレントは先ほども本人が示したとおり、恨みを心の奥深くにじっと抱きつづける女性だ」ドクター・リードが分析を続けた。「充分な動機さえあれば独特の憎悪へと発展する。きちんと勉強した心理学者なら誰でも言うだろうが、男でも女でもただ憎むために憎悪をふくらませる者は、殺人に至る可能性がある」

「わたし、誰も殺したくないわ」ジーンが叱られた子供のように言い返した。「だいいち、誰からも苦しめられたことはないもの。ピーターは別だけど」

「われらが招待主の動機がなんなのか、そこまではまだ考えていない」ドクター・リードは辛抱強く話しつづけた。「ただ、発端はどうあれ、動機に反応する可能性があるかどうか、いくつか検証しただけだよ」

「あんたは自分の分析を忘れているぞ」ティムが単刀直入に指摘した。

「たしかに」ドクター・リードが認めた。「こういうストレスがかかる状況で自分自身を分析するのはむずかしいんだ。とりわけ、犯罪に加担していない場合はね」

「加担していないとは限らないだろう」ピーターが緊迫した声を放った。「もちろん、可能性はある！　そうやってのんびりすわりながら、今夜の殺人犯がぼくらのなかにいる可能性を冷静に説きつづけるなんて……あんたがぼくたち全員の殺害をもくろんでいるかもしれないのに。次の一手を打つまでのなんとも優雅な時間稼ぎだな」

「まさか君はこのわたしが……」学部長は激情に駆られて椅子から腰を浮かせた。

「そうだとも！　いいからすわってろ！」ピーターはドクター・リードの前に立ちはだかった。「ぼくらが殺人犯かもしれないとさんざん糾弾してきたが、そういうあんただって人殺しかもしれないだろう。古くさい学説ばかり寄せ集めた狭い世界に閉じこもり、いかにも温厚そうに見せかけた不寛容な怪物だ。あんたは頑固な男だよ、ドクター・リード」ピーターは少し落ちついてさらに続けた。「助言を受けずに行動することに慣れきっている。大切な目的の成就を目前にして、誰か個人、もしくは、集団に妨害を受け、取り返しのつかない事態になったとしたら？　その人物なり団体によって貴重な行動様式の変更を余儀なくされ、あなた自身のものとは違う方針に従って行動せざるをえなくなったとしたら？　それでも人殺しとは無縁だと思うのか？　ドクター・リード、権威主義の権化のようなあなたが変革に直面したら……殺人の衝動に駆られないと言いきれますか？」

「もちろん、彼にだって可能性はあるわ、ピーター」シルヴィアが割って入った。「でも、お願いだから、ふたりともいがみ合うのはやめてちょうだい。わたしたちはそれどころじゃないのよ」

ピーターは後悔の色を浮かべて苦笑した。

シルヴィアでさえ取り乱さないように必死に自分を抑えているのだ。

「ありがとう、シルヴィア」ピーターはどうにか小声で言った。「気をつけるよ」

「自分を見失うと殺人者になるかもしれないなんて、考えるだけでゾッとするな」ハンクが沈痛な面持ちでつぶやいた。

「いや、まさか、ハンク、君はだいじょうぶだよ」ピーターが言った。「君が自分を見失ったら、小さな香水瓶のデザイナーになるだろうな」

ハンクは肩をすくめるだけで返事はしなかった。ピーターはふたたび椅子に腰かけると、思索にふけるように煙草の先端を見つめた。

「これまでの分析は興味深くはあったが、しかし、ドクター・リードの大前提は間違っているとぼくは思う。招待主と名乗る人物がぼくらのなかにいるわけがない」

「どうして?」ハンクが問いただした。「ドクター・リードはこの悪魔のような陰謀の核心を突いたんだ。そうとも、招待主はここにいる。こうしてぼくが話しているあいだもにやにやと笑っているんだ!　いったいあんたらの誰を絞めあげればいいんだ!」

「また蒸し返すわけ?」シルヴィアが疲れた口ぶりでつぶやいた。「少なくとも、絞める相手を間違えないでね」

「これほど不気味でなければこういう罵り合いも楽しいんだろうがね」ティムがため息をついた。「しかし、重要な問題の答えが出ていないぞ。すなわち、『どうやって逃げればいいのか?』」

「それだよ!」ハンクが大声を出し、椅子から跳びあがった。「さっきからずっとしゃべってばかりで……その間にも死が忍び寄ってきているというのに、ぼくらはここにすわったままだ!　朝までに全員が死ぬ運命だと、姿なき声は告げた……なのに、ぼくらは……ただすわってるだけなんて！　ああ、勘弁してくれ！」ハンクは崩れ落ちるように椅子に腰をおろした。ラジオから小さな雑音が聞こえてきたからだ。

銅鑼の音が三度響いた。

「静かにすわっていたまえ、諸君」招待主の声が言った。

「いやよ！」ジーンが叫んで立ちあがった。「わたしはここから出たい……出ていくわ！」

「ジーン！」ハンクとシルヴィアが駆け寄った。

「うろたえちゃだめだよ」ハンクがなだめるようにジーンの肩に手を置いた。シルヴィアは片腕でジーンを抱き寄せ、一緒にソファにすわった。ハンクはその背後から身を寄せ、緊張した顔つきでふたりを見守った。声は続いた。

「諸君、そろそろ一時になるので、このささやかなゲームで次の相手となる人物を選ぼうと思う」

「なんと！」ドクター・リードが息を呑んだ。

「短い休憩ではあったが、諸君はさぞかし楽しんだのではないだろうか？　しかし、刻一刻と時は進んでいくし、われわれのゲームも続くのだ。そろそろわたしの対戦方法にもなじんでくれたと思う。わたしとの戦いに敗れたふたりは諸君のなかで最も弱く、残った君らのために用意してあるきわめて独創的な戦闘に参加するだけの能力がなかった。今、わたしの話を聞いている諸君は複雑な個性の持ち主で、これまで見たことから多くを学んだことだろう。ゲームの次の対戦者として選んだのは、巧妙な攻撃の相手としてふさわしい人物で――」

ジーンが低くうめき声を洩らした。

「――わたしが負ける可能性もあるだろうが、やはり最後に勝つのはわたしだろう。さて、紳士淑女の皆さん、次なる戦いは独特で楽しく、基本的には対戦者に合わせた形になる。今回、リングにあがり、君らの気晴らしとして腕前を発揮してもらうのは、われらが共通の友人、ミスター・ティム・スレイモンだ」

「冗談だろ」ティムがあえいだ。

「ティム！」シルヴィアが声をあげ、彼のそばに駆け寄った。「あなた……だいじょうぶ？」

「ああ」ティムはしゃがれた声を振り絞った。「とりあえず……今のところは」

「諸君、落ちつきたまえ」招待主の声が言った。「約束したとおり、今回の対戦者ミスター・スレイモンとは知力の戦いになる。もし君が知力でわたしを出し抜けば、このゲームは終了となる」

「頭を働かせてね、ティム！　よく考えて！」シルヴィアが鼓舞した。

ティムには彼女の声が届いていないようだった。彼は前かがみにすわったまま、嘲笑を含んだ声が聞こえるラジオに視線を貼りつけていた。

「さっさとやれ、忌々しい悪党め」と彼は小さく言った。

「明かりが消えていくわ！」ジーンが金切り声で言った。

照明が徐々に落ちていき、電球が少しずつ薄暗くなっていった。

人びとは怒鳴り、叫び、悪態をついたが、くすんだ赤い光しかないところではなすすべがなかった。やがて、その明かりさえも消えていく。

「諸君、どうか腰をおろしてくれたまえ」声がていねいに言った。「対戦相手は一度にひとりだけなのだから」

人びとは恐怖に駆られてラジオから遠ざかった。室内はほぼ真っ暗だった。家具の輪郭に沿って赤い光がかすかに反射し、薄闇のなかで気味の悪い模様が浮かびあがった。ティム・スレイモンはなおも椅子に浅く腰かけたまま、ひたすらラジオを見つめていた。

「ティム！」シルヴィアが叫んだ。

「ああ」彼はぼんやりと応答した。

シルヴィアがそばに寄った。「わたしはここよ、ティム」

彼はほとんど気づいていない様子だった。恐怖で凍りつき、ただラジオのダイヤルを凝視している。かすかな明かりのなかで鈍く光る赤いガラスのようだった。

照明が完全に消えた。

人びとは驚愕し、おぼつかない足取りで闇のなかを動いた。「ティム！　ティム！」シルヴィアが大声で呼びかけた。

不明瞭なあえぎ声のような音がティムのほうから聞こえた。人びとは何も見えない恐ろしさと闘い、暗がりをよろけながら歩く足音や途方に暮れた悲鳴が飛び交った。黒いベルベットが目もとに貼りついたように闇が彼らを押し包んだ。窓のカーテンの細い隙間からかすかな光がのぞいてはいたが、室内には濃密な暗闇が広がっていた。誰かの手が一枚のカーテンをしゃにむにつかんで引っ張ったが、光は入らなかった。カーテンが垂れ、恐怖に苦しむうめき声が響いた。「今のは誰だ？」ピーターが声をあげた。

「わたしは……ここだ……ドクター・リードだ……」

「どこですか？　ぼくはハンクだ」

「ハンク！　ジーンよ……あなた、どこにいるの？」

「このままいつまでも真っ暗なんてありえないわ！」離れた片隅からシルヴィアの声が聞こえた。「あなた、どこなの、ジーン？」

「ここよ……」ジーンが消え入りそうな声で答えた。彼女の腕に手が触れた。悲鳴があがった。

「違う……わたしだ、ドクター・リードだ……そこにいるのは誰だね？」

「ハンクですよ。よかった、やっとここで……」

「スイッチが入らないわ」シルヴィアの声だった。「壁を伝ってスイッチを探り当てたけど、いくら動かしてもだめなの……ティム！」

「ティムはどこにいる？」ピーターが叫んだ。「みんな、どこだ？　まったくわからなくて……」彼は誰かにぶつかってよろけた。「誰だ？」

「シルヴィアよ……ティムはどこにいるの？」

彼らは手探りして必死にしがみついた。

そのとき、突然、照明が灯った。強烈な光にまだ目が慣れないまま、彼らはやみくもに手を伸ばし、椅子の背でもテーブルでも、何か頑丈なものをつかんで世界が回転していない安心感を得ようとした。この混乱を切り裂くように、うめき声とも悲鳴ともつかない震え声が長く響きわたった。

「シルヴィア!」いち早く立ちなおったピーターが大声で呼びかけ、彼女のもとに走り寄った。

「彼、死んでるわ」と言ってシルヴィアは手近の椅子に力なくすわりこんだ。

その言葉で全員がわれに返り、恐ろしい現実を直視した。

「彼が死んでる」シルヴィアが繰り返した。

ハンクが進みでてティムの椅子に近づいた。ティムは背もたれにぐったりと寄りかかり、両手で腕をかかえこんでいた。

「残念だが……たしかに死んでいる」ハンクが確認した。

「これで納得してもらえるだろう」招待主の声が言った。「このゲームの第三ラウンドもわたしの勝ちだ」

「なんということだ」ドクター・リードがうなった。

「シルヴィア、気の毒に」ジーンがつぶやいた。

シルヴィアは立ちあがり、額にかかったひと房の髪を払いのけると、不安定な手つきで煙草を取った。口もとの左端がかすかにゆがみ、渋面でも微笑でもない表情を見せた。金色の豊かな髪とは対照的にその顔はシルヴィアとは思えないほどに真っ青だった。

「どうやら、朝までにわたしたち全員が死ぬ運命みたいね」彼女は煙草に火をつけ、深く吸いこんだ。「もちろん……恐ろしいことだけど、でも、皆さん、どうしてそんな目でわたしを見ているのかしら?」

「みんなが気づいているからだよ」ハンク・アボットが低く不安げな声で言った。「これで君が金持ちになったという事実に」

ハンクの言葉は重苦しい不快な余韻を残して沈黙に包みこまれた。シルヴィアは答えなかった。彼女はその場にじっと立ったままハンクを見ていた。

「なんてことを!」ピーターが怒鳴り声を放った。「おまえはバカか、ハンク・アボット! よくもそんなことを……ティムは彼女の親友だったのに……いったいどうして……」

「やめろよ!」ハンクも負けずに叫んだ。「礼儀正しいふりをして、感傷的な泣き言や哲学者ぶった甘ちゃんの長広舌に耳を貸すのはもううんざりなんだ。こうなったら思っていることをはっきり言わせてもらう。ティム・スレイモンはシルヴィア・イングルズビーの最高のクライアントだったってだけさ。この街でシルヴィアほど多くの犯罪に関わっている者はいないし、ティムはそれをよく知っていた。シルヴィアの弁護士資格の剝奪がどれほど簡単か、そういう話ができるのはティム・スレイモンだけだった。シルヴィアと共謀して不正を働いていたのはティムだけだった。ランパート・ストリートの再舗装に使われるはずだった資金はどうなった？　オーデュボン公園の整備資金はどうなった？　ぼくにはわからないし、誰も知らない……ただし、シルヴィアと……それに、ティム・スレイモンだけは知っている。彼女がにこやかに微笑み、猫撫で声でティムとは親友同士なのと言ったってなんの不思議もない。そう言うしかないんだから。次の不正や汚職の企みはいったいどうなったんだろう？　彼女に主導権を握られてティムは不満を抱いていなかったのか？　もし彼が重い口を開き、何かを言うつもりだったとしたらどうなる？」

ハンクはそこで黙りこんだ。人びとは驚愕で身じろぎもできないまま立ち尽くしていたが、シルヴィアがひとり歩み寄り、ハンクと向き合った。

「もう話は終わったの、ハンク？　わかったわ。とにかく、わたしはティム・スレイモンを殺していません」

「あたりまえじゃないか」ドクター・リードが大声で言った。「ミスター・アボットは頭がおかしくなったんだ」

シルヴィアが新しい煙草に火をつけた。「お願い、どなたか……彼をどこかへ移してくださらない？　見ているのが耐えられないわ」

「わかった」ピーターが歯切れよく言った。「おい、ハンク、一緒に来い。目障りなんだよ。ほかのみんなはぼくらが見えるところにいてくださいね」

シルヴィアは窓のほうを向き、ふたりが戻ってくるまでブラインドの紐を握っていた。

「これで残ったのは五人ね」彼女はぼんやりと言った。

「友人諸君」招待主の声が呼びかけた。

「もう……いいかげんにして！」シルヴィアが絶望をあらわにした。「黙りなさい！」

「諸君、折りもよくミスター・スレイモンが亡くなったことでもあるので、ミスター・スレイモンとの取引において、なぜ卑しい出自ゆえの影響を克服させることができなかったのか、ミス・シルヴィア・イングルズビーに説明してもらえるのではなかろうか？」

「どういう意味なの？」シルヴィア・イングルズビーが金切り声で言った。「嫌がらせはやめてちょうだい！」

ピーターが彼女の両手を握りしめ、優しくさすった。「あっちの寝室に移ってドアを閉めれば声が聞こえなくなるんじゃないか？」

「向こうでも聞こえるさ」ドクター・リードが頭をかかえこんでつぶやいた。「アンプが仕込まれているんだから」

「諸君」声が冷静に話を続けた。「もしもミス・イングルズビーが法律事務と称する仕事からわずかな時間を割いて、ミスター・スレイモンに品格の手ほどきをしていれば、彼は今もなおこの場で生きていたかもしれないということだ」

シルヴィア・イングルズビーが震え、身をすくめた。彼女は自分の殻に小さく閉じこもろうとしているようだった。そんな彼女を支えるようにピーターが強く手を握った。

「誰か、もう一本、煙草をちょうだい」とシルヴィアはささやき、ドクター・リードが急いで差しだすと「どうも」と言った。「まだ……終わらないのかしら?」

「あの声を遮断できる場所はどこかにないのかな?」ハンクが小声でジーンに話しかけた。「彼女、今にも失神しそうだ」

「ないわよ……ドクター・リードが言ったでしょ。そこらじゅうにアンプがあるんだから」ジーンがささやいた。「これ以上は無理なんじゃないかしら。わたし……こんな彼女を今までに見たことがないわ」

「不運にもミスター・スレイモンが命を落としたときにすわっていた椅子を注意深く調べてみるといい」さらに声が言った。「左右の肘掛けの正面にはロココ調の彫刻が施されていて、その隙間に小さなつまみが隠れている。前側の脚にもやはりつまみが仕込んである。指で押すと四つのつまみから四本の針が飛びだす。一本の針でも充分な量のテトラエチル鉛が血中に注入され、速やかな死をもたらす。死が間近だと宣告されて神経的に参っていたミスター・スレイモンは、先ほど、照明が消えたとき、それだけで仰天し、椅子の肘掛けを強く握りしめ、しかも、彼特有の発作的な癖で両脚を椅子の脚に巻きつけた。諸君の記憶にもあるだろうが、こうしたとっさの反応は故人の特徴だったのだ。明かりが消えても静かにすわっているという自制心さえあったなら、明朝、ミスター・スレイモンはオフィスに戻っていたかもしれない。

紳士淑女の諸君、これがミスター・スレイモンとの対戦でわたしが担った役割だ。しかし、ミス・シルヴィア・イングルズビーが演じた役割のほうが興味深い。もっと複雑だからだ。ミスター・スレイモンはミス・イングルズビーの指導で多くを学んだが、ひとつだけ学ばなかったことがある。育ちのよさと悪さが表われたときにその微妙な違いに彼は戸惑った。ミスター・スレイモンのために特別な椅子をあつらえたわけだが、なぜ彼がそれを選ぶとわたしにわかったのか？　そうだとも、諸君、その椅子はミスター・スレイモンの好みに合わせてこのペントハウスの家具調度に加えた。ミスター・スレイモンはこの部屋でただひとつの悪趣味きわまりない椅子を選んですわったのだ」

シルヴィアの弱々しい手から煙草が絨毯に落ちた。火のついた先端をピーターが踏み消した。その動きがシルヴィアの注意をラジオから引き離したようだ。彼女の強靱な自制心が砕け散った。彼女はピーターの手を振りほどき、顔を両手で覆った。

「シルヴィア！　ねえ、シルヴィア！」ジーンが優しく呼びかけ、近づいた。

シルヴィアがぎょっとしたように顔をあげた。「わたしにかまわないで！」彼女はかん高い声で制した。「ひとりにして！　お願いだからここから出してちょうだい！あの声がまた聞こえたら……ピーター、お願いよ！　ここから出たい……いいえ、わたしは出るわ！」

いきなりシルヴィアは玄関まで走り、勢いよくドアを開けた。そして、板石張りの中庭を駆けていく足音が響きわたった。

「だめだ、外の扉に触っちゃいけない！」ピーターが怒鳴ったが、シルヴィアのほうが早く、すでに正面扉の鏡板に拳を打ちつけていた。

「ここから出して！」彼女は叫んだ。「誰か聞こえないの？　ここから……」

残る人びとが追いついたとき、シルヴィアの声がかすれた。ほんのわずかな一瞬、彼女の指先に青緑色の閃光が弾け、鉄扉から襲いかかる恐ろしい力にわしづかみにされてシルヴィアの体が硬直した。人びとは言葉も出ない恐怖に凍りつき、ドクター・リードは反射的に片手で目を覆った。一瞬、白に包まれた姿はその場に貼りつき、電流がサテンのドレスを小刻みに揺らしたが、やがて、板石を敷いた中庭で足を止め、戦慄に押し包まれて息を呑む人びとがもはや震える余裕もないうちに、その人影はくずおれ、敷石の上に倒れこんだ。

ピーターがハンクの腕をつかみ、互いに目を合わせた。ハンクがうなずいた。そして、彼は顔をそむけた。ピーターを直視することも、敷石上でぴくりとも動かない白っぽい人影を見ることもできない様子だった。

「シルヴィアは自殺したんだ」とハンクは言った。まるでクッションを当ててしゃべったようにその声はくぐもって聞き取りづらかった。「ぼくが追いこんでしまった」

ジーンの喉から苦しげな音が洩れ、全員が驚いて彼女に視線を向けた。彼女が倒れると思ったのだろうか、ドクター・リードがとっさに腕を伸ばした。だが、ジーンはひたすらに扉を見つめていた。

「ドクター・リードの言ったとおりだわ」彼女は妙に金属質の声で言った。「何かのきっかけで自制心にひびが入れば冷静さを失ってしまうって。あの扉はずっとあそこにあったのだから」

「でも、今は違うぞ！」ハンクはいきなり思い当たって大きく目を見開きながら叫んだ。「電流が切れたんだ。彼女の体が落ちたということは切れたってことじゃないか」

ほかの三人が驚愕をあらわにした。ピーターが扉のほうに片手を伸ばしたとき、彼らの頭上に耳障りな乾いた笑い声が響いた。

「諸君、また新たな自殺はどうか勘弁してもらいたい」冷ややかで嘲るような招待主の声が聞こえてきた。「正面扉の電流が切れたのはほんの一瞬だ。今では五分前と変わらず死をもたらす鉄扉だ」

ハンクが途方に暮れたようにうめいた。唐突にジーンが一歩前に進みでた。

「シルヴィア！　シルヴィア！」と呼びかけながら、彼女は白いサテンをまとった女性のそばにひざまずいた。残る三人はこわごわ彼女をのぞきこんだ。ハンクが力のない手首の脈を確かめた。

「死んでる」彼は陰気な声で言った。

「まさか！」ジーンが叫んだ。「シルヴィアは……取り乱すことなんてただの一度もなかったのに」

「でも、自制しきれなくなった……ぼくらのなかで誰よりも耐え忍んでいたんだが」ハンクが言った。「君の言うとおり、ドクター・リードは正しかった。あの扉はずっとあそこにあった。この種の殺人のために仕掛けられた扉だということをシルヴィアは忘れていたんだな」

「ぼくは……子供みたいに大声で泣きたいよ」とピーターが言った。

「彼女はすばらしい人だったわ……あんなにも美貌と才能を完璧に備えた女性はいなかった！」ジーンが大声で言った。

「シッ、聞いて！」彼女が叫んだ。

全員が立ち尽くし、恐怖に身を縮めながら互いに視線を交わした。開け放した玄関のドアごしに一時を打つ時計の音が客間から聞こえてきた。

8

ハンクが両手に顔を埋めた。「耐えられない。シルヴィアがおかしくなった……ぼくが追いつめたんだ」

ピーターがハンクの肩に手をかけた。彼らは客間に戻ると、恐ろしくてたまらないのにその忌まわしい戦慄に惹きつけられ、ふたたびラジオの周囲に集まった。シルヴィアの金色と象牙色の存在が消えた室内には険悪な脅威がみなぎっていた。シルヴィアの冷徹な自制心がどれほど彼らを元気づけていたか、このときになって初めて理解がおよんだようだ。

「君のせいじゃないよ」ピーターが言った。「ぼくら全員が同じことを考えていたんだから。こんなすさまじい緊張状態に放りこまれて、いつもなら決して口にしないようなことを言ったからといって、誰かに責められるなんてことはありえない」

「とにかく、あなたが言ったこととは無関係よ」ジーンが言葉をはさんだ。懸命に抑えているようだが声の震えは隠しきれなかった。「あのラジオの声……あの恐ろしい声が、ティムの死を彼女のせいだと決めつけたから。あんなことを言われたら誰だって頭がおかしくなるわ」

ハンクがかぶりを振った。「違う。そうじゃない。シルヴィアは初めて取り乱した……ぼくが追いつめたからだ」

一瞬、誰も口を開かなかった。やがて、全員が恐怖におののいた。ラジオからかすかな機械音が聞こえたからだ。

「急に数が減ったようだ」と声が言った。「招待客のうち、四人だけ残った諸君には、今夜のプログラムで最も愉快な時間をこれから楽しんでもらおう。ドクター・チェンバーズ・リード、著名な教育者で、そのキャリアの概略は名士録だけでなく、知的分野の指導者たちを取りあげる数多くの出版物を見てもわかることだ。ミス・ジーン・トレント、甘い声と華やかな魅力の持ち主ジーン・トレント。愛らしいジーン・トレントは生まれながらの星のきらめきと儚い花びらの……」

「やめて！」ジーンが叫んだ。

「……ミスター・ピーター・デイリー、ミス・トレントの敵意にもかかわらず名士録にその名が載るほどの成功を収めたピーター・デイリー。楽しい存在感と高評価を受ける才能の持ち主だ。そして、ミスター・ヘンリー・L・アボット、ハンクの愛称で知られる愉快なディレッタント。わたし自身の最大限の努力にふさわしい四名の好敵手。最も興味深い死に値する四つの命だ。諸君、ここで断言するが、君たちは朝までに全員死ぬのだ」

「くそっ！　くそっ！」ハンクがつぶやいた。彼らはもはや気力もなくただ漫然と互いに顔を見合わせた。室内の空気は重苦しくよどみ、息が詰まりそうだった。新鮮な空気を入れるにはパティオに通じるドアや窓を開けるしかないが、外には例の棺とそこに収められた無残な死体が待ち受けていて、それを考えただけで誰もが身震いした。部屋のなかにこもった空気は息苦しいほど暑くなり、天井の近くでは煙草の煙が渦を巻いていた。

ドクター・リードがコーナーテーブルまで煙草を取りにいった。ピーターがあとを追い、壁にもたれて立ちながら低い声で学部長に話しかけた。ハンクはジーンのそばに腰をおろした。そして、彼女の手を片手で覆った。ジーンが目をあげ、感謝をこめて小さく微笑んだ。ハンクは顔を寄せ、用心深く声をひそめながら話した。

「ジーン、ぼくを見て」

ジーンがふたたび視線を向けた。

「ピーターのこと、どう思う？」

「わからないわ」ジーンは聞き取れないほどのささやき声で答えた。「彼にはわたしを殺す動機がある。その話はしたでしょう。でも、どうして彼がシルヴィアを殺すの？　マーガレットやジェイスン・オズグッドや、それに、クロゼットから出てきたあの見知らぬ男まで？　わたし、怖くて怖くてあれこれ考えることなんてできないわ」

「ピーターはいいやつだがね」ハンクが懐疑的に言った。「でも、ドクター・リードは好きじゃないし、そもそもこれまでの出来事を考えると、あのふたりから目を離しちゃいけない気がするんだ。しっかり見ていないとだめだよ、ジーン。これだけのことをたったひとりでできるとは思えない。完璧すぎるじゃないか」

ジーンが体を震わせた。「ねえ、ハンク、煙草を一本くれない？　震えが止まらないの」

ハンクが立ちあがった。「あそこのテーブルにある。ドクター・リードとピーターが話をしているあの片隅に。一緒に行こう。ふたりの話が聞こえるかもしれない」

ジーンはハンクについていったが、彼らが近づくとピーターとドクター・リードはその場を離れ、椅子を二脚持って部屋の反対側に移った。

「先を続けて」ピーターが慎重に声を抑えつつ話していた。「ハンクに何を脅迫されたんですか?」

「いや、脅迫とまでは言えないんだが」ドクター・リードが答えた。「彼が解雇されて一週間ほどしたある日、オフィスを訪ねてきたんだよ。わたしが死ねば学問の世界は大いに向上するだろう、とそれだけ言ったんだ」

ピーターがうなずいた。「特定の個人に不利な証拠を集めようとしているわけじゃないんですよ。ただ、この状況を整理したいんです。誰かがこの犯罪を実行している……それだけははっきりしているんだから」

「そして、犯人はわれわれのなかにいると今もわたしは確信しているよ」学部長がきっぱりと言った。

「ひどいことをおっしゃるのね、ドクター・リード」背後からジーンの声が言った。ドクター・リードはぎょっとして振り向いた。ジーンは手近の椅子に歩み寄って腰をおろした。

「そうやってずっとこだわってらっしゃるけれど、そろそろやめていただけませんか? みんなが震えあがっているんです。こんなときに考えるなんて無理だわ」

ドクター・リードが彼女をじっと見つめた。「明晰に考えられないというのはね、いやでも見ざるをえなかった恐ろしい現実と、これから直面する恐怖のせいで、われわれの能力が制約を受けてしまったせいなんだよ。しかも、この同じ部屋にわれわれの破滅をもくろんだ人物がいて、その人物の妨害によってわれわれの動きが封じられているからだ。それが誰かはわからないが、貢献するふりをして議論に参加している。謎を解くようなふりをして偽りの手がかりをちりばめ、われわれを油断させているんだ」

彼は挑発するように残る三人の顔を代わる代わる見つめた。

「つまり、殺し屋はこのなかにいるとあくまで主張なさるんですね？」ピーターが言った。

「ああ、間違いない」

「まだ賛同はできかねますけどね」ピーターが眉をひそめた。「でも、もしあなたの言うとおりなら、そうやって考えていることをべらべらしゃべってしまうのは軽率でしょうね。ぼくら全員が愚かではあるんだが。ぼくらの反応や無力感について事細かに伝えているわけですから」

ジーンは不安そうに手を動かし、ハンカチをねじりあげていた。彼女はラジオキャビネットの上の壁に掛かった一対の剣《フルーレ》に目をやった。

「わたし……犯人がここにいようといまいとどうでもいいわ」かすれたささやき声で彼女は言った。「運命を握られてわたしたちにはどうしようもないんですもの。おしゃべりしようが黙っていようがなんの役にも立たない。こうして待っているくらいなら、あの剣の切っ先をわが身に突き刺したほうがましよ」

「ああ」ハンクが絶望したようにうめいた。「このペントハウスには何か恐ろしいものが垂れこめている。おぞましくて邪悪なものがコウモリみたいにまがまがしく羽を広げ、一度にひとりずつ、ぼくらに襲いかかってくるんだ。逃れられない。誰かがぼくらを見張っていて、苦悩するぼくらをあざ笑っている。ぼくらに逃げ場がないことを知ってるからさ」

「今夜、ここに閉じこめられたわれわれは、予告されたとおりの動きをしてきた」ドクター・リードが指摘した。「それぞれの弱点を攻撃され、傷口をさらしてしまった。ミセス・チザムにはひとつの秘密があり、そのせいで死んだ。ほかの連中もみずからの死へと突き進んでいった。だがね、恐怖にも動揺せず、じっとすわって自制心を保つことさえできれば、逃れる道があるかもしれないんだ」

ハンクが席を立ち、酒を注いだ。「けっこうなアドバイスだ。でも、じっとすわっていることなんてぼくにはできない。体じゅうの神経がビクビクと動いているのに」

「君がどう言おうと、わたしはこの場から動かない」ドクター・リードが話を続けた。「挑発にはいっさい乗らず、自分の命ひとつを守るよ。不運な友人たちのようにやすやすと死の罠に引っかかったりはしないさ。君たちも同じやりかたで対処したほうがいいと思うがね」

「ぼくは怖くて分析している余裕なんてありませんよ」ハンクが言い返した。「頭のなかで何かが砕けてるみたいな気分だ」

ジーンは脚を曲げて横ずわりしながら、疲れきったため息を洩らした。「考えることも行動することも無理だわ」彼女はこわばった唇を動かして小さくささやいた。「ただ待つしかないの」

ピーターは無言だった。彼は神経質に煙草を吹かしていた。そばの灰皿には黒く焦げた吸い殻が積み重なっている。

ハンクが勢いよく椅子にすわりこみ、両手で頭をかかえた。

「気が変になりそうだ」声がしゃがれていた。「頭蓋骨のなかで脳みそがカタカタ鳴ってるみたいだ。じっとすわっていられないし、かといって動くのも不安だ。この部屋にある椅子はどれも死を呼ぶ機械なのかもしれないし。マッチだって、どれかを擦れば爆発するかもしれない。ペントハウスじたいが死の家で、命を奪う罠だらけで、そして……」

「ちょっと、ハンク、黙ってちょうだい！」ジーンが懇願した。

「静かにしたらどうだ！」ドクター・リードが叱責した。

ピーターは新しい煙草に手を伸ばし、吸っていた煙草の先端から火を移した。

「友人諸君」ふたたび招待主の声が聞こえた。ジーンが悲鳴をあげ、震えた。ハンクは殴られたようにぎょっとして跳びあがった。ピーターとドクター・リードは必死に自制心を保っているのか、それぞれの場所から動かなかった。

「この室内にほかにも毒物が仕込まれているのではないかと心配する必要はまったくない」声はたしなめるように言った。「八種類の異なる死を演出できないほど想像力に欠け、退屈な仕掛けでも慣れているからやむをえず使うというほど単純な愚か者と思われているとは、まったくもって驚くしかない。この部屋にはもう毒物は隠されていないことをここで断言させてもらおう。どの椅子でも好きに選んでくれればいいし、煙草でもマッチでも酒でも気軽に楽しんでほしい。繰り返しになるが、このペントハウスには諸君ひとりひとりにそれぞれひとつの危険が潜んでいる。諸君のために用意した特別なこの対戦ゲームでは、君らがわたしを出し抜いて危険を回避することはむずかしいだろう。ほかのメンバーのために仕組まれた死の危険が当人以外におよぶことはない。偶然に死ぬこともない。君らはわたしが計画したとおりに死ぬか、あるいは、わたしの意図に反して生き残るか、どちらかだ」

声が止まった。沈黙が不気味にのしかかった。ジーンは椅子のさらに奥へと縮こまった。

「わたしたちが話していること、すべて聞いているのね」言葉が震えていた。「わたしたちがすることもすべて見ている。ああ、いったい、どこに隠れているの？」ジーンは震えながらラジオのほうに身を乗りだした。

「自分だけは安全だと思ってるんだな！」不意にピーターがラジオに向かって怒鳴った。「ぼくらにはおまえを見つけだすだけの頭がないと思ってる！　まったく……そのとおりかな」彼はハンクと同じように酒を注いだ。そして、もはや神経がもたないと言わんばかりに正面側の窓に歩み寄り、外に目をやった。夜空に流れる切れ切れの雲を見つめ、さらにパティオの塀のほうに視線を投げた。

「外の歩道には近いのに。でも、あそこには手が届かない。腹が立つのはこの悪巧みのみごとなまでの芸術性だな。この悪党の執念深い自信がみなぎっている。迷いがみじんも感じられない。冷静かつ残忍な殺意を前にしてぼくらはただ手探りで進むしかないんだ」ピーターは部屋を横切り、ラジオのキャビネットに肩肘をついた。「畜生め！」彼はダイヤルに向かって毒づいた。

口を開く者はいなかった。彼らは絶望的な静寂のなかでただすわっていた。お互いの不信感が強すぎて話すことすらできなかったのだ。悲鳴や罵声が飛び交う混乱状態よりも静寂のほうがよほど恐ろしい。壁の時計が震えているように思えた。カチカチと時を刻む音を聞いているだけで息が詰まりそうだった。刻々と時間が過ぎていくのに、ただ手をこまねいているだけだ。毎回打ちのめされ、じっと待っているだけでひとりひとり消えていく。小さな時計が時間を吸い尽くしている。ラジオのそばに立ったピーターは煙草の煙が立ちこめる室内に目をやり、薄気味悪いもやのなかに狂気そのものが潜んでいるかのようにじっと見つめた。

「また明かりが消えるわ！」ジーンが叫んだ。

ジーンは苦しげに両手で喉を押さえた。ほんの少しずつ照明が落ちていく。

「今、何時だ？」ドクター・リードが言った。その声はほとんど聞き取れないほど小さく、顔色はくすんでいた。

「二時十五分前です」とハンクが答えた。

誰も動かなかった。恐怖で身動きすらできないまま、消えていく明かりを見つめた。

四人は恐怖心に呑みこまれて麻痺し、もはや思慮を失い、重苦しい空気に押しつぶされた。ひどくおぞましいものが厚かましく忍び寄ってくるように、闇が徐々に広がっていった。あえぐような荒い息づかいが聞こえるだけで室内は静まりかえっている。あまりに神経が張りつめ、叫ぶ余裕すらない。ますます暗くなる。そして、闇。男性のひとりから苦しそうなあえぎ声が聞こえ、ジーンの喉からは声にならない音が洩れた。こうした物音が静寂の緊迫感をいっそう強めていた。暗闇が静かに垂れこめた。そのとき、乾いた破裂音とガラスの割れる音が響いた。

悲鳴とぞっとする叫び声が室内の闇を引き裂き、何も見えないなかで身を守ろうと焦ったのか椅子の引っくり返る音が聞こえた。

「誰かいる?」ジーンが金切り声で呼び求めた。

「ここにいるよ」ピーターの声が応じた。「ジーン! 君はどこだ?」

「ここよ。ここ! じっと立ったままよ。ピーター……わたしのいるところがわかる?」

ピーターは敷物に足を取られたらしく、つまずく音が聞こえた。「ここなの!」ふたたびジーンが叫び、両手を差しのばした。一瞬ののち、ピーターがその手をつかんだ。

「放すんじゃないよ」彼がささやいた。「ほかに何が起こるかわからない。今のはなんだ？」

　正面側の窓に近い一角から低いうめき声が聞こえたのだ。

「ハンク！　ドクター・リード！」ピーターが大声で呼んだ。「どこにいるんだ？　誰かけがをしたのか？」

　返答はなかった。「見て！」ジーンが叫んだ。「ピーター……あそこの窓に……」闇のなかで大きく目を見開くと、窓のある場所がぼんやりと見えた。その下側を黒い塊がさえぎっているが、それはハンクがすわっていた安楽椅子だった。さらに目をこらすと、カーテンの隙間からガラス窓の穴と割れたガラスのひびが見えた。

「撃たれたんだわ……あの窓から……」ジーンが小声でつぶやいているが、それにかまわずピーターが彼女の手をつかんで足早に移動した。

「ハンク！」彼が呼びかけた。「ハンク！」

　窓ぎわでふたりは手を伸ばし、ハンクを探そうとした。「いたわ……ここに！」とジーンが言った。「ハンク！」彼女はハンクを揺すった。「ハンク！　え、まさか！」

彼女はたじろいでピーターに身を寄せた。

「どうした？　どこかけがしたのか？」

「いえ……ただ、触ってわかったのよ、ピーター！　わたし、もう触れない……血よ……彼の頭にねっとりとした血が……」

ピーターはジーンが倒れないように彼女の震える体を片腕で支えた。不意に明かりがついた。まばゆい光にジーンとピーターが驚いたそのとき、壁の時計が二時を打った。

敷物の片隅がめくれあがり、椅子が二脚、横倒しになっていた。フロアランプが倒れてソファにもたれかかっている。しかし、ジーンもピーターも散らかった室内にはほとんど目が向かなかった。ふたりともハンクを凝視していた。ハンクは頭から血を流して椅子に力なくすわりこんでいた。

「彼は死んでないぞ」とピーターが言った。「息をしている。おい、ハンク！」

ハンクが頭を持ちあげ、虚ろな目であたりを見まわすと、震える手で額に触れた。

「なんだ、これは！」彼は当惑顔で自分の手に視線を落とした。

「あなたは殺されなかった」ジーンが言った。「ハンク……わかる？　あいつは窓からあなたを撃ったけど、はずしたのよ」

ハンクが弱々しい笑みを見せた。「ああ、たしかに死んでない。一瞬、殺されたかと思ったけどね。ピーター、酒を一杯くれないか？　おい、あれは！」

愕然としたハンクの視線がふたりの背後に飛んだ。ジーンとピーターは驚いて振り向いた。後ろの椅子にはドクター・リードがぐったりとすわりこみ、シャツの胸には赤い染みが広がっていた。

ピーターが駆け寄った。ハンクとジーンは怯えきった表情で見つめ、ピーターは学部長の細く白い手首に触れて脈を探った。

「死んでるの？」ジーンがかすれ声で尋ねた。

ピーターがうなずいた。その目は割れた窓ガラスに向けられた。

「一目瞭然だな。発砲はドクター・リードを狙ったもので、窓ごしに撃たれた。たまたまハンクがあいだにいたため、銃弾が彼の頭をかすめた。きっとマキシム・サイレンサーを装着していたんだ。でなければ、もっと大きな発射音が響きわたっただろう」

「ハンク、気分はどう？」ジーンが心配そうに問いかけた。

「ああ、だいじょうぶ。大した痛みじゃないんだ。ただびっくりしてしまって。酒を一杯くれないか？」

「もちろんよ」ジーンは酒瓶が並んだテーブルに近づいた。「ブランデーでいいかしら？」

「ありがとう」ハンクが答えた。ジーンは酒のグラスを彼に渡し、額の血をハンカチで拭き取った。

「もう血は止まっているみたい。弾丸は頭髪をかすめて皮膚を切ったのね」

ハンクは酒を飲み干して立ちあがった。「それだけ？　こんなに大騒ぎしてわれながら恥ずかしい。あやうく殺されるところだったと思ったから。ピーター、ドクター・リードは本当に死んだのか？」

「ああ。たぶん、銃弾は心臓に命中している。きっと即死だったはずだ」

ハンクが体を震わせた。そして、ソファにすわりこんだ。

「大人げないふるまいだとはわかってるんだ。でも、まだ気が動転していて。誰かが死んだとき、その相手に自分がぶつけた言葉は思いだしたくないよな。今夜、ぼくはドクター・リードにひどいことを言ってしまったわけだが」

「ハンク、自分を責めちゃいけないわ」ジーンが彼の隣に腰をおろして慰めた。「今夜はわたしたち全員がふだんなら口にしないようなことを言ってしまったのよ。わたしたちみんなが……言い合ったところでなんの役にも立たないのに……こうして今では三人になってしまった」

「残ったのは三人か」ハンクが呆然とした。「三人……最初は八人だったのに！」

「お願いよ」ジーンが声を震わせた。「その椅子、向きを変えるとか……どうにかできないかしら？　ずっと見ているのはつらくて……死体を……」

「いや、まだだめだ」ピーターがぶっきらぼうに言った。「確かめたいことがある」

ハンクが顔をあげた。「確かめるって、何をだ、ピーター？」

ピーターは割れた窓ガラスを注意深く見つめた。

「ドクター・リードが撃たれたときの状況を検証したいんだ。あっというまの出来事で頭が働かなかったが、やっとあることに思い当たった」

ハンクが跳びあがった。「何を言いたいのかわかるよ。ぼくもひらめいた」

ふたりそろって衝動に駆られたようにハンクとピーターは窓に近づき、外を見た。

「ジーン、死体がそばにあるのは気持ちのいいものじゃないだろうがね」ピーターが肩ごしに声をかけた。「でも、ほんのしばらくだけそのままにしておきたいんだ」

「だいじょうぶよ。わたし、失神したりしないから。それどころか、とても落ちついているわ。だいじょうぶ」ジーンは答え、ふたりを見守った。

ハンクとピーターは窓に開いた銃弾の穴からのぞきこんだ。そして、互いに目を合わせた。

「ぼくらは同じ疑問を持っている」とハンクが言った。「すなわち、いったいあいつはどこへ消えたんだ？」

ピーターがうなずいた。その顔には奇妙なほどの険しさが浮かびあがっていた。

「どういうこと？」ジーンがふたりに近づいた。

「ほら、見てごらん」とハンクが言った。「ドクター・リードは窓と向き合う格好ですわっていただろう」

ジーンはハンクがすわっていた椅子の上に立ち、男たちの頭ごしに窓ガラスを見つめた。

「そうね、わかったわ。つまり、犯人は窓のすぐ外に立って発砲し……」

「そのとおり」ピーターが口をはさんだ。「ドクター・リードを殺した銃弾はハンクの頭の上から発砲された。弾道は下向きだったということだ。ガラスにできた弾痕はハンクがいた椅子の後ろのすぐ上だ。そこから弾丸が入り、ハンクの側頭部をかすめ、ドクター・リードの心臓に命中した。位置としてはさらに低い」

「ああ」ハンクがうなずいた。「たしかに、銃弾は下向きに発射されたが、しかし、パティオの塀の上に誰かが立っていて、そこから撃ったとはとても考えられない。高低差を考えればドクター・リードに命中する前に弾丸は床に当たっていたはずだ」

「つまり」ピーターが意味ありげに目を細めてふたりを見た。「その意味するところはひとつしかない」

「犯人はパティオにいるのね！」ジーンが叫んだ。

「そう、やつはパティオにいる」とハンクが同意した。「門の電流を切って屋上からひそかに逃げたというなら別だが」

「探しに行きましょうよ！」ジーンが意気ごんで声をあげた。「ねえ、やりましょう！」彼女は勢いよく椅子から腰をあげた。「ラジオの上にあるあの剣を取って……」と話しながら彼女は別の椅子によじ登り、キャビネットの上の壁に交差して掛けられた二本の剣を取りはずした。「あいつは銃を持っているけど、こちらにはあなたたちふたりがいるしね」彼女は口早に言った。

ジーンは両手に剣を持って椅子の上に立ち、ふたりに向き合った。ピーターがなかばあきれたような顔で彼女を見た。

「バカなことを言うなよ」彼は歯切れよく言った。「敵は銃を持っている。接近戦でもないかぎり、剣じゃ太刀打ちできないさ。仮にやつがパティオにいるとして、ぼくらが出ていけば、こちらからやすやすと命を差しだすようなものだ」

ジーンは椅子から降り、二本の剣を無造作に置いた。

「あなた、怖いということ？」

「ああ」ピーターはそっけなく肯定した。

ハンクは毅然とした表情のジーンに控えめな笑みを見せた。「当然だよ。ぼくらのなかでまともに戦えるのはピーターひとりだけだ。たしかに君は勇敢だが、しかし、立ち向かったところで片手で塀の外に放り投げられるのがおちだろうよ。それに、このぼくときたら少しめまいがするありさまだ」

ジーンは勢いをそがれて力なくすわりこんだ。

「もう今さら見ていても仕方ないな」とピーターが言った。彼は学部長の椅子を窓とは反対側に動かし、壁と向かい合わせにした。

ジーンはぐったりとして片手に顎を乗せた。「ねえ、あいつは最初からずっとパティオにいたのかしら?」彼女は震え声で小さく尋ねた。

「それはどうかな」ハンクが答えた。「ぼくには何ひとつわからない。きっと誰にもわからないさ……招待主以外にはね」

「もちろん、招待主はわかっているとも」ラジオから声が聞こえた。

「おい、いいかげんにしろよ!」ハンクが叫んで跳びあがった。「わかっているならちゃんと話せ! ドクター・リードはどうやって死んだんだ?」

「見てのとおり、拳銃の発砲による死だとも」

ハンクはうめき声を呑みこんで椅子に腰を沈めた。「こいつのせいで頭がおかしくなる」彼は弱々しく言った。

「そうね」ジーンがあいづちを打った。「あと少しも我慢できないとずっと思っているけど、でも、まだこれから……」

か細い声が途切れた。ジーンはピーターに視線を投げた。ピーターは寝室のドアのそばに立ち、恐ろしいほど強烈な眼差しをラジオに向けていた。

「ひとつ謝らなければならない」招待主の声が続いた。「若き友人に少しばかり不自由な思いをさせてしまったからね。とはいえ、なるべく迷惑をかけないで対戦者を打ち負かすためには、短時間で死が訪れ、苦痛を与えないことが望ましい。心臓の部位を撃ち抜くには慎重に狙いを定める必要があった。暗がりのなかでミスター・アボットの頭の輪郭は判別できた。彼に当たるにちがいないと思ったが、それはかすり傷と呼ぶ程度の些細な負傷でしかないこともわかっていたのだ」

「なんてひどいことを！」ジーンが大声で言った。「ハンクは殺されるところだったわ」

「殺されてはいないけどね……まだ今のところは」ハンクが苦い顔で答えた。

「さて、この愉快な一座はこれで三人に減った。三人のすばらしい客たちだ。あと三十分ほどは諸君にも時間があるので、そうだな、三人でやるブリッジはどうだろ

つけた。

「黙って！」と叫んでジーンが立ちあがった。「黙りなさい！　あなたをこの手で殺してやりたいわ」彼女はゆっくりと付け加えた。怒りが激しくて恐怖が吹き飛んでしまったようだ。ジーンは血の気が引くほどの強い憤怒を抑えきれずにラジオをにらみつけた。

ピーターがいきなり前に足を踏みだした。

「おい、声よ、三十分後にわれわれ全員を殺すというのか？」ピーターが問いただした。

「ちょっと黙ってくれ」ハンクが疲れきった口ぶりで訴えた。「あの声をまた聞かされるのはたまらない」彼は額に手を当てた。「思っていたより傷が深いようだ」

「そうなのか？」ピーターが心配そうな顔つきでハンクに歩み寄った。「恐怖で縮みあがってしまったが、本当ならもっと早く君の手当てをすべきだったんだ。その頭の傷、どうにかしないと、また出血してくるんじゃないか？」

「だいじょうぶだよ。頭痛がするだけだから」

「たしか……」ジーンはためらいがちにその名を口にした「マーガレットが浴室を調べに入ったとき、絆創膏やら何やらがあったと言ってなかったかしら？」

「そうだったかい？」とピーターが言った。「覚えてないな」彼はかすかに微笑んだ。「なんだか、遠い過去のことのように思える」

「気の毒なマーガレット」ハンクがつぶやいた。

「寝室に行こう。その頭の手当てをしないと」ピーターがうながした。

「わたしも一緒に行くわ。ここにひとりきりで残されるなんて怖いもの。もしも……あの化け物がパティオから入ってきたりしたらどうすればいいの？」

「怖くて当然だよ。ぼくも同じさ」ピーターが励ますように言った。「さあ、来いよ、ハンク。君が気絶したら大変だ」

ジーンは寝室のドアを開けると、ハンクが立ちあがるまでもどかしそうに戸口で立っていた。

「さあ、早く。わたし、ここにはいられないわ……あの椅子の死体と一緒なんて」

男たちはジーンのあとから寝室に入った。ハンクはほっとしたようにベッドの端に腰をおろし、ピーターは洗面台の上の戸棚からヨードチンキと絆創膏をひと巻き持ってきた。

「あったぞ。絆創膏を切るハサミはないが、たぶん、手でちぎれるだろう」

「食事用のテーブルナイフを使ったらどう？」ジーンが提案した。

「そのためにあのキッチンに入るのか？」ハンクが肩をすくめた。「ぼくは遠慮しておく」

「絆創膏を手でちぎるのは大変なのよ」ジーンが言い張った。「頭に貼ったとして、ロールからちぎろうとすれば傷口を引っ張ることになるし、また血が出てくる可能性が高いもの」ふと彼女は眉間に皺を寄せた。「たしか、食器棚の銀食器用の引き出しにカトラリーがあったと思うわ。ほら、見なかった？　マーガレットがコーヒースプーンを落としたとき、ホーキンズが新しいスプーンを出してきた」

「鋭い観察眼だな」ハンクが微笑みながら指摘した。

「引き出しにナイフがあるかどうか見てこよう。ちょっと待っててくれ」ピーターが言った。

「みんなで行こう」そう言ってハンクが腰をあげた。「ここはいきなり壁から何かが出てきてもおかしくないところだからね」

「わかった。そういうこともあるな」ピーターが愛想よく同意した。

ハンクとジーンは戸口に歩み寄り、ピーターはダイニングルームに入って食器棚を探した。「右側の引き出しのいちばん上だったと思うわ」ジーンが声をかけた。そして、ハンクに目を移した。「頭の痛みはひどいの？」

「ズキズキするよ」ハンクは笑顔で彼女を見た。「でも、それだけだ。ジーン、これほど恐ろしい目に遭ったというのに、君はこのペントハウスに到着したときと少しも変わらずきれいだな」

「ありがとう。自分の外見なんてすっかり忘れていたわ。本当に怖いことばかりで」ドクター・リードの死体がすわる椅子はその背もたれがわずかに見えるだけだったが、それでもジーンは目に入らないように注意深く視線をそらしていた。

「こんなものしかなかったよ」ピーターが片手にテーブルナイフを持って戻ってきた。「パン菓子より固いものは切れそうにないけど、でも、これでやってみよう。さあ、ハンク、もう一度ベッドへ。ジーン、君はヨードチンキを頼む。コルク栓を使って塗ればいいだろう……いや、浴室の棚にタオルがある。一枚くらい汚したって誰も気にしやしないさ」

「タオルを取ってくるわ」と言ってジーンは浴室へ向かい、ハンクはふたたびベッドの端に腰かけた。ピーターは絆創膏をロールから剝がしはじめた。「さ、これを使って」ジーンが浴室から戻ってきた。「水が出ないのよ。タオルを濡らしてハンクの額を拭こうと思ったのに。蛇口をひねったけど、元栓が止められてるみたい」

「あいつがそう言ってたじゃないか」ハンクが指摘した。

「ミネラルウォーターを使えばいいんでしょうけど、ひとりでここから出るのはちょっと……」ジーンは申しわけなさそうに言った。

「ふたりとも、心配しすぎだよ。大した傷じゃないんだから。ただ、この頭痛がひどいだけでね」

ジーンがハンクの額から血と火薬の汚れを拭い取った。「ねえ、ピーター、絆創膏を使った手当てについて詳しいの？　わたしはさっぱりだめだわ」

ピーターは曖昧な笑みを返した。「べつに詳しくはないけど、できるだけやってみるよ。傷口にヨードチンキを塗ってくれ」

ジーンは言われたとおりに消毒薬を塗布した。「ハンク、痛い？」

「いや、ほとんど。ちょっと染みるけど、それはあたりまえだからね。ヨードチンキが染みるくらい、死ぬことに比べたらどうってことはないさ」

ピーターが顔をしかめた。「そのとおりだな。とにかく、そういう話はやめてくれ。緊張して絆創膏をまっすぐ貼れなくなる。ジーン、この部分にヨードチンキをもう少し塗ってくれ」

ジーンは指示どおりに塗布してから戸口のほうに移り、ピーターは傷口に沿って絆創膏を伸ばした。「こんな応急手当てじゃ足りないが、医者に診せるまでの一時しのぎにはなるだろう。頭を動かさないように。でないと、傷に響くから……頭を両手で押さえてくれないか。そう、そのほうがいい」ピーターは前かがみになって慎重に絆創膏を貼った。「こういう粘着テープというのは家にあるとすごく重宝するよな。ヨードチンキまで置いてあって運がよかった。あいつは誰かに傷を負わせることを見越して、準備をしておきたかったんだろう……さあ、できたぞ、この間抜け野郎、おまえのばかげた芝居はここまでだ！」

ハンクが憤怒と恐怖の叫び声をあげてピーターに飛びかかった。ピーターがすばやい動きでハンクの目に手ぎわよく絆創膏を巻きつけたからだ。ピーターはハンクをベッドに押し倒すと、荒い息づかいで上下するハンクの胸に片膝を突き、両手を押さえこんだ。そして、手早く絆創膏を巻いて縛りあげた。

「クソッ……この殺人鬼め！」ハンクが大声でわめき、縛られた両手を目もとに持っていこうと必死にもがいた。

「動くな！」ピーターが怒鳴りつけた。「もう逃げられないぞ。まだまだテープは残ってるんだからな。じっとしてろ！」彼は力任せに絆創膏を引き剝がし、半分に切ってハンクの両腕が動かないように固定した。「できた！　抵抗はやめろ。おまえの負けだ！」彼はさらにひとひねりして絆創膏を切り離すと、ハンクの両脚を縛った。テーブルナイフが音を立てて床に落ちた。ピーターは後ろにさがり、ベッドの上で身もだえする男を真っ向から見据えた。「おとなしくしたほうがいいぞ」彼は身動きできないハンクの体に用心深く何度も絆創膏を巻きつけ、やり場のない怒りの雄叫びを平然と無視した。そして、上体を起こすと、ハンクには見えないものの、強烈な侮蔑の表情で彼を見おろした。「すっかりぶざまな格好になったな。せっかくのスーツが台無しだ。このねばねばした粘着剤は洗っても取れそうにないぞ。とはいえ、さっきも言ったとおり、こういうたっぷりとした粘着テープが家に一本あるととても重宝するものだ」

ハンクが体を起こそうと必死にもがき、縛られた足を床につけようとした。

「残忍な殺人者め……この悪魔……おまえ、どこにいるんだ？　きさまの醜い顔が見えればいいのに！」

「でも、見えないだろう。やめろ、起きあがるんじゃない」

ピーターはハンクをベッドに押し戻した。そして、薄笑いを浮かべて見おろした。

そのとき、戸口で足音が響いた。

「動かないで！」鋭い金属質の声が命令した。

ピーターが驚いて肩ごしに振り返った。そこには、険悪な表情で唇をまっすぐに引き結び、激しい憤りをこめてにらみつけるジーンが立っていた。彼女の手には、ラジオの上の壁から取りはずした剣の一本が握られ、その切っ先はピーターの背中に触れていた。

「動いたら殺すわよ。こんなことはもうたくさん。決着をつけましょう」

9

ハンクが驚きの声をあげて体を起こしたが、ピーターはその場に立ったまま、あっけにとられてジーンを見つめていた。ジーンは動じなかった。彼女はじっとピーターの目を見据えながら少しずつ横に動き、剣の切っ先を彼の脇腹に突きつけた。

「ハンクのテープをはずしなさい」彼女は歯切れよく指示した。

ピーターが背すじをまっすぐに伸ばした。

「いったい彼女は何をしているんだ？」ハンクがもどかしそうに体をよじった。

「ピーターの脇腹に剣を突きつけているのよ」ジーンが答えた。「わたしの言うとおりにしなければ次に死ぬのは彼ということね。さあ、ピーター、早く！」

「おい、勘弁してくれよ、ジーン！」ピーターは言葉に詰まった。小柄で華奢なジーンが目に強い怒りをみなぎらせ、短い黒髪がカールして眉の上に垂れている姿は、たとえ剣の切っ先が彼の上着をちくちく突いていようと、つい苦笑したくなるような滑稽さを感じずにはいられなかった。しかし、ジーンには物笑いの種になるつもりがないことは一目瞭然だった。

「驚いた顔をしても無駄よ」彼女はきっぱりと言った。「抵抗したら殺すから。ハンクの目のテープを取りなさい」

「いい子だ、助かるよ」ハンクは満足そうに言いながら、どうにか足をおろしてベッドにすわった。「今の状況をぜひこの目で見たいものだな」

「こいつを自由にするなんて絶対にありえない」とピーターが言った。

「自由にしろとは言ってないわ。目のテープを取りなさいと言ったの。さあ、やりなさい。こけおどしじゃないわよ」

彼女が本気だということはピーターにも伝わった。彼はゆっくりとかがみこんでハンクの顔から絆創膏を剝ぎ取った。ジーンは剣を突きつけてそばを離れなかった。

「おかげで眉毛がほとんど抜けちゃったな」ハンクがため息をついた。

「ここまでだ」ピーターが鋭い口調で言った。「これ以上はほんの少しでも剣がさないぞ。こいつにやられるぐらいなら君に殺されたほうがましだからな」

「そうなの?」ジーンの声には有名女優らしい美しい響きはみじんもなかった。

「ああ」ピーターは腹立たしげに彼女の凝視を受け止めた。「おい、にやにや笑うのはよせ、この忌まわしい悪党！」彼は声を荒げてふたたびハンクを見た。「なあ、ジーン、頼むから気づいてくれよ！　今夜、この男が君の友人を五人も殺したことがわからないのか？」

「なんだと？」ハンクが息を呑み、ピーターから身じろぎもしないジーンへと視線を移した。「その手でぼくを殺そうとしておきながら臆面もなく殺人犯呼ばわりするなんて、ばかばかしいにもほどがあるぞ」

「おまえは……」

「黙りなさい、ピーター」ジーンがさえぎった。「ハンク、今夜の出来事の首謀者はピーターだという確信があるの？」

「あるとも。五人の殺害についてすべてを解き明かしたわけじゃないが、どうやってドクター・リードを殺したのか、それだけはわかってる」

「けっこう。それで、ピーターの言い分は？」

「もちろん、ハンクの仕業だ。ドクター・リードが撃たれてやっとわかってきたんだ。それまで気づかなかったなんて、ぼくらは本当に間抜けだったと思うよ。だから、いもしない招待主とやらを探しにパティオへ出ることを拒んだ。だから、頭の手当てのために寝室に入れと強く主張したんだ。浴室に絆創膏があるとマーガレットが言っていたことは知らなかったし、シーツを裂いてこいつを縛りあげるつもりでいたが、君が絆創膏の話を持ちだしたおかげで手錠代わりにはもってこいだと思ったのさ」

「証明できるの？」

「全部は無理だが、ハンク以外に犯人はありえないと君を納得させるだけの根拠はある」

「わかったわ。ハンク、今のところあなたは何も手が出せない。わたしはピーターに剣を向けてここに立っていることにします。あなたたちのどちらかが、今夜起きた一連の恐怖劇の首謀者で実行犯であるとわたしに証明してちょうだい。もしどちらの話にも説得力がないときは、召使いたちが目を覚ますか、あるいは、誰かがこのペントハウスに押し入ってくるまで、わたしはずっとここに立っているから。では、ハンク、これがピーターの犯行だと証明してみて」

「ジーン、彼は頭がおかしいんだと思う。これだけ恐ろしいことをやってのける犯人について、ぼくは皆目、見当がつかなかった。君もそうだし、残りの客たちも何もわからなかった。つまり、このいかれた野蛮人についてぼくらは自分の価値観で判断しようとしていたからだ」

ふたりは話に耳を傾けていた。ピーターは限りない軽蔑をあらわにし、一方、ジーンの冷静で慎重な眼差しはピーターから片時も離れることはなかった。ハンクが話しつづけた。

「こんなにもおぞましい犯罪に駆りたてるような動機とはなんなのか、そして、もしかしたら、なんらかの方法で実行してしまうこともあるんじゃないのか、そんなふうにぼくらは考察しようとした。実際にはぼくらの誰にもできないということに気づかなかったんだ。尋常じゃない人間というのは頭は働くものだ。だからこそ、ぼくらには理解できなかった。

彼があの声を作った方法ならわかるよ。いかにもありふれた器具で、装飾品と錯覚するように見せかけた代物が客間にあって、それがマイクロフォンだった。彼はそのマイクのスイッチを入れては小声で話していたんだ。ラジオがその声を増幅させた。あんなに不自然に聞こえたのはそういうわけだ。あの部屋には巧妙に隠したマイクが何十個も仕掛けてあるんだろうし、それぞれの場所に立ってこっそり話せばいい。あの銅鑼の音は、小さな金属棒か、あるいは、爪の先でマイクをそっと弾けば出来あがりだ。

今夜起きた殺人について彼はひとつひとつ説明したが、ドクター・リードだけは例外だった。ドクター・リードの死を説明できなかったんだ。部屋の外にいる犯人にドクター・リードは殺されたのだと、彼はぼくらに思わせたかった。ぼくらは窓辺に行き、招待主がパティオに潜んでいるにちがいないと考えた。得体の知れない犯人が外にいるのかと思うとぼくは怖くて、この寝室に入った。あげく、まんまとピーターの手に落ちたんだからわれながら大間抜けだ。もしも君が来てくれなかったら今ごろぼくは生きていなかっただろうな。あの忌々しいテープを目に巻かれるまでピーターのことはこれっぽっちも疑っていなかった。もちろん、ぼくも殺されるんだと思ったよ。そのとき、ピーターがどうやってドクター・リードを殺したか、その方法がひらめいたんだ」

「どうやって殺したの？」ジーンが尋ねた。こういう状況にもかかわらず、彼女の言葉には抑えきれない好奇心がのぞいていた。

「部屋は真っ暗だった。カーテンは閉まっていたし、夜で雲が垂れこめていた。ピーターは足音を立てずにこっそりとぼくの椅子の背後にまわりこみ、窓を開けて窓の下枠に腰かけた。手には拳銃を持っていた。すわった状態で窓を膝のあたりまで引きおろし、後ろに背中を反らして窓ガラスごしに発砲した。それから音もなく窓を開けて室内にそっと戻り、また窓を閉めたんだ。拳銃を隠したあと、暗闇のなかでつまずき、君とぶつかったというわけさ。窓の開け閉めで音を立てたとしてもぼくの耳には入っていなかったが、あんなに緊張して神経が高ぶっていたんだから、ほとんど何も気づいていなかったよ」

「恐れ入ったな、ハンク、そんな情けない説明しかできないのか?」ピーターが皮肉と安堵のこもった笑い声を放った。

「え? それはどういう……?」

「じゃまするな。今度はぼくの番だ。おまえのまわりくどい言い逃れを黙って聞いてやったんだから、このあとはぼくの話をじっくり聞くんだな。この身の毛もよだつ残忍なパーティーを仕組んだのはおまえだ。今夜、ぼくの友人五人を死に追いやったのはおまえだ。さらに、ジーンとぼくを殺そうと企んだのもおまえだ」

「ピーター、詳しく聞かせて!」ジーンが興奮気味に息を呑んだ。彼女はまだ剣をピーターの脇腹に向けてはいたが、その声はうれしそうに弾み、すでに信頼が生まれていた。

「そもそもの始まりから話そう。ジーン、その剣には注意してくれよ。まずぼくが疑問を持ったのは、今夜集まった客たちのなかに嬉々としてぼくらの皆殺しを企むような招待主が本当にいるのか、ということだった。当然、ぼくは全員を知っているし、そのうちのひとりがそんな邪悪な陰謀を企てるとはとうてい信じられなかった。でも、このゲームと称するものが始まったわりと早い段階でふと思い当たったんだよ。人殺しに悪魔的な快感を覚えるようなやつが、今夜の惨劇を実行しようとしたのであれば、犠牲者が死ぬところをこの場で見届けないわけがない、とね。サディスティックな心の持ち主なら当然だ。人が苦しんでいるとわかるだけじゃ満足しない。その目でじっくり観察し、苦しみもだえる被害者の恐怖のありさまを何ひとつ見逃さずに楽しむ方法までは理解できなかったが、あの声を操ったやつはぼくらと同じ部屋にいたはずだ。だからこそ、招待主はこのなかにはいないとぼくは言い張ったんだ。ぼくを油断させるために犯人もぼくに賛同するんじゃないかと期待したが、しかし、ハンクはずる賢かった。殺人者は内部にいるにちがいないと弁舌巧みに主張したからな。

犯人が仲間内にいるという確信を直接に裏づける最初の証拠は、パティオにあった八個の棺だ。もしぼくら八人全員を殺すつもりでいるなら棺は九個なければおかしい。本来なら九人分の死体が出るわけだし、練りに練った計画の調和性を重んじる犯人であれば、棺に入りきらない死体をひとつ残すということはありえないだろう。言うまでもなく誰かひとりが生き残る計画だったんだ。召使いたちは八人の客に夕食を出したと証言するだろうし、現場に八人の死体があれば全員が死んだのだと判断される。もちろん、逃げようとした人物は男だ。召使いたちはぼくらひとりひとりを細かく見たわけじゃないから人相や特徴までは証言できないだろう。

そこでぼくは観察した。どれだけ必死に観察したことか！　犯人が何かへまをやらかさないか、ひたすら見ていたんだ。冷静な判断力さえあれば、ハンクが犯人だと何時間も前にわかっていたかもしれない。でも、だめだった。ぼく自身もパニックになって目が曇っていたんだ。ハンクはずっとボロを出していたというのに、なかなか見抜けなかった。でも、少し前にいきなりわかったんだ」

「どういうこと？」ジーンがあえいだ。

ハンクは謎めいた笑みを浮かべつつ真剣に聞き入っていた。

「ハンク・アボットこそがこの非道な惨劇を演出した張本人だということさ！　突然、光が射したように思いついたんだ。あの声がじかに返事をしたのはあの部屋のなかでただひとり、ハンクだけだった、とね。覚えてないか？　ハンクが恐怖で逆上したように見せかけて跳びあがり、『……ただすわってるだけなんて！』と叫ぶと、声が『静かにすわっていたまえ、諸君』と答えた。ほかの誰にもそんなふうに声が答えることはなかったのに。そのときは疑問を持たなかったんだけど……気づいていればと悔やまれるよ！　小型アンプを仕込んだ椅子にマーガレットをすわらせたのはハンクだった。ほら、覚えてないかい？　オズグッドが死んだあと、ぼくらが室内に入ったとき、ハンクはいかにも心配そうなそぶりで君をソファに連れて行き、シルヴィアには椅子を引き寄せ、そして、マーガレットにも椅子を勧めた。ハンクはチザム少佐の連隊に所属してフランスにいたが、そのときにチザムは戦闘で妙な死にかたをした。当時、彼の戦闘区域では交戦がなかったというのに。もしもゲイロード・チザムが妻の真実を知って自分の頭を吹き飛ばしたのだとすれば、ハンクもそのときに真相を知った可能性がある。もっと早くに気づけばよかったんだが、ぼくもすっかり怯えていたからな。

でも、声はハンクには答えつづけ、一方、ぼくらがいくら話しかけても直接の返答はなかった。ハンクが自分を撃ったときにぼくの疑念が固まったんだ。ジーン、あのとき、君はパティオに出て招待主を探すべきだと言ったよな。こいつに剣を持たせて一緒に暗がりへ出ていくなんて、想像するだけで恐ろしい！　外に出るのは怖いとぼくは言ったが、もちろん、本気だったよ。そして、ハンクが跳びあがり、ラジオに向かって『ドクター・リードはどうやって死んだんだ？』とじかに詰問すると、すぐさま声が『拳銃の発砲による死だ』と答えた。あれで確信したけど、でも、疑いの余地はないと確認するためにぼくもラジオに問いかけてみた。思いついたことを適当に口にしただけだが、声は返事をしなかった。それどころか、ハンクは傷が痛むふりをして、『あの声をもう聞きたくない』とかなんとか言ったんだ。それでわかった。間違いなくハンクはあの忌々しい声を事前に用意していた。

そこでハンクをよく見てみるとこめかみの前側に火薬による火傷《やけど》があった。もし背後の窓から撃たれたのであればそんな跡が残るはずはない。おまえは自分で火薬を拭き取ったんだ。そしてぼくはこいつをここに誘い入れて絆創膏でがんじがらめにした。犯罪者を拘束するにはハンカチや裂いたシーツじゃ似合わないだろう。さあ、ハンク、何か反論はあるか?」

ハンクは答えなかった。彼はすわったまま、好奇の眼差しをピーターに向けていた。鼻であしらうような冷笑が浮かんでいる。

「ピーター、ごめんなさいね」そう言ってジーンが剣を下におろした。

ピーターは得意げに笑った。「おい、ハンク、警察が来る前に何か言いたいことはないのか?」

「ああ、あるとも」ハンクは愛想よく答えた。「だって、警察は呼べないからな。君らはここから出られないんだぞ」

「そうだな。でも、ここにこもっておまえを見張っていれば、いずれ誰かがぼくらを探しに来るさ」

ハンクは肩をすくめた。「そうか……」彼は皮肉っぽい笑みを満面に浮かべてピーターとジーンを見た。「これだけは認めてもらえるだろうが、ぼくはこの街から悪を一掃してやったんだ」

「どういう意味だ?」ピーターが問いただした。

「文字どおりさ。そこに突っ立ってぼくをにらむなよ。君の勝ちだ。ゆっくり腰をおろして勝利の確信に酔いしれたらどうだ? このニューオーリンズの街でこの世代が生みだした最大の慈善活動家を絞首刑にするんだからな」

「いったいなんの話をしているの?」ジーンが小声で言った。彼女は椅子を引き寄せ、疲れきった顔ですわりこんだ。

「興味深いだろう?」ハンクが言った。「愛しき一般大衆はぼくの絞首刑を求めてわめき散らすけど、ぼくが心血を注いだ貢献については目もくれないんだ。あいつらの正体がわかってるのか? ぼくが情け深くも処分してやったあの連中のことを? 典型的な狭量と不誠実と不正。絶頂期、彼らはニューオーリンズに失意と無駄な浪費という犠牲を負わせ、その回復にはあと十年では足りないだろう」

ピーターも椅子を持ってきて腰かけたが、ハンクから決して目を離さなかった。

「なるほど、それで?」

「非の打ちどころのないすばらしい娘たちが、あのチザムの重婚女ににらまれたせいで社交生活を台無しにされてきたことは、もちろん知ってるだろう！　ひと世代も前から支持を集めてきたものでないかぎり、凝り固まってミイラ化したマレイ・チェンバーズ・リードの頭脳にはどんな概念も通用しないから、そのせいで大学での知的研究が甚だしく停滞してしまったことは今さら嘆くまでもない。ジェイスン・オズグッドが拝金主義の窃盗行為を重ねて巨万の富を手中に収めたことは誰もが知っている。そして、ろくに乳離れもしていない子牛程度の知能があるニューオーリンズ市民なら、スレイモン＝イングルズビー連合を排除することでようやく納税者にもひと息つくチャンスが訪れるとわかるだろう」

「でも、シルヴィアはお金がないと言ってたわ！」ジーンは大声で反論したが、なかば催眠術をかけられたようにハンクから目が離せないでいた。

「あれこそお笑いぐさだ。あの貧乏話を聞いたとき、ぼくは立ちあがって嘘つきと罵ってやりたかった。彼女の遺言書の検認が楽しみでならないよ。もう何年も前から、誰かが思いきって汚職行為を訴えるたびに、あの貧乏物語を披露していかにも潔白でございと言い抜けてきたんだ。この十年、彼女は街の半分を買えるぐらいの巨額の公金をもぎ取ってきたのさ。そうとも、ぼくは彼らを殺した。認める。でも、クモの巣を踏みつぶしても同じ気持ちになるだろう」

　ハンクがいったん口を閉ざした。殉教した狂信者のように手をきつく握りしめていた。そして、苦労しながらその拳を口もとに運んだ。ジーンが跳びあがって叫んだ。

「ハンク！　ねえ、ピーター、彼が何かを飲みこんだわ！」

　あわててピーターがハンクに駆け寄った。その面前でハンクは嘲るように笑った。

「友人諸君、君らがこのゲームに勝利を収めたら目の前で死んでみせると言ったが、今こそあの約束を果たそう」

10

「ジーン、こいつは何をやったんだ？　君は見ていたんだよな」ピーターが声をあげた。

「よくわからないわ……でも、右手にはめているあの指輪を嚙んでいたみたい。そして、飲みこんだ……それは間違いない」

ハンクは挑発するように片方の眉を動かした。「なかなかめざといな」彼は気軽く言った。「たしかにそのとおりだ。ほら、見ろ」

ハンクは上体をくねらせ、縛られた手をふたりのほうに差しだした。指輪の台座は空《から》で、彼の指には白い粉がかすかに残っていた。

「非常時の備えだよ。これほど愉快な夜なのに囚人護送車に乗って最後を締めくくると思うのか？　これから何週間もナンキンムシだらけの監房に閉じこめられ、口角泡を飛ばす大勢の弁護士に囲まれたり、社会活動に熱心な女たちから慰められたりするのか？　友人諸君、君ら全員のために魅惑的な死をお膳立てしておきながら、万一、ゲームに敗れた場合に備えて自分自身を同じように心地よく抹殺する方法は用意しなかったと考えるほど、君らは愚かではないだろう？　ふざけないでもらいたいな」

一瞬、ふたりは言葉を失い、ただ彼を見つめた。

不意にジーンがあえぐように言った。「ハンク！　あなたのその声……招待主の声じゃないわ！」

ハンクはいかにもおもしろそうにジーンをながめた。「もちろん、違うさ。おめでたいな。ぼくの声を使って招待主に話をさせると思うのかい？」

「でも、ハンク、どうやってあの声を仕込んだの？」

「あっさり教えるわけにはいかないね」

「クソッ」ピーターが話の流れとは無関係に悪態をついた。

「おい、ピーター」ハンクが小声で問いかけた。「何をいらだっているんだ？　君はニューオーリンズきっての独創的なパーティーに参加する恩恵に浴したんじゃないのか？　趣向を凝らした殺害計画が念入りに仕組まれたにもかかわらず、君はその大事な命を無事に守りとおしたんじゃないのか？　華麗に花を咲かせた有名スターの命もアメリカ演劇界のために救ったんじゃないのか？　それに、自称殺人犯がその厄介な人生をあと数時間で終わらせるために、少量の粉を飲みこんだところも目撃したんじゃないのか?」ハンクは自分の弁舌を静かに味わうように話しつづけた。「最終的に君とジーンがこの場所で発見されるとき、ほかの客たちと一緒にぼくの死体も並ぶわけだが、今夜の刺激的な集まりを企んだ首謀者が君らふたりではないとどうやって警察を納得させるのか、まさにお手並み拝見だな」

ピーターは思わず息を呑んだ。

少しのあいだ、死の恐怖に取り憑かれた静寂がまたもやふたりを包みこんだ。ジーンとピーターはハンクを凝視したが、ハンクは明らかに楽しんでふたりをながめていた。やがて、彼が口を開いた。

「とはいえ、ぼくが死んだあとに君らがどうなろうと知ったことじゃない。ぼくとしてはパーティーの成り行きを見届けることが喜びだった。せっかく楽しい時間を過ごしていたのに、残念ながら、君らふたりが介入して台無しにしてくれたが、でも、君らを困らせたりはしないよ」

「どうするつもりなの?」ジーンが思わず声をあげた。「ねえ、ハンク、わたしたちを苦しめるのはやめてちょうだい!」

ハンクが笑顔を見せた。「ぼくという天才の存在を世間に知らせないなんて、実にもったいない話だろう。そこでだ、君らの寛大な許可を得たうえで、ペントハウス殺人事件の真犯人がぼくであるという告白書を残したいと思う。〝ペントハウス連続殺人事件〟だなんて、心躍る大見出しになるよな！　この目で見られないのは残念だ。同時代で最もすばらしく独創的な殺人事件が完璧な成功を収める寸前だったことを、世間一般に説明するよ。ぼくがジーンよりも演技力のある俳優で、リードよりも論理的な思想家で、スレイモンよりも有能な戦略家で、シルヴィアよりも頭の切れる大嘘つきで、マギーよりも口がまわるゴシップ好きで、オズグッドよりも駆け引きのうまい交渉人で、そして、ピーターよりも優れた劇作家だと証明してみせる」

「その告白書はどこにあるんだ？」ピーターが勢いこんで立ちあがった。

「どこにもないさ。そんなに興奮するなよ。前もって書いておくわけがないじゃないか。このゲームで裏をかかれるとは思ってもいなかったんだから。だが、これから書くよ」ハンクはじらすようにいったん口を閉じた。「このテープを外す気はないよな？」

「もちろんだ」とピーターが答えた。

「今夜はずいぶんと機嫌が悪そうだ。こんなにきつく縛られていては何も書けやしない。早く決めたほうがいいぞ。ぼくはあまり長くはもちそうにないから」

ハンクは底意地の悪い笑みを浮かべた。ジーンとピーターは身震いしながら、ベッドの端にすわったハンクを見つめた。額に絆創膏を巻き、染みひとつない上等なディナージャケットが粘つく白いテープでぐるぐる巻きになった姿は、滑稽でもあり不気味でもあった。ピーターはハンクの両腕を肘までがんじがらめに拘束し、両手首も縛りあげたため、前に突きだしたその手はカップを持って施しを求める物乞いのようだった。足首も縛られ、ぎこちない姿勢で床に足を置いている。ベッドのそばの椅子にうずくまったジーンは両腕で膝をかかえこみ、漠然とした不安を表わすように唇を噛んだ。

ハンクが低く冷笑した。「指輪に仕込んだ毒薬の調合法をきちんと書面に残して、いくら生活のためとはいえ愚かしい世間とのつきあいにもう我慢ならないという、すべての利口な若者たちに推奨すべきだろうな。とても心地よい効きめだよ。こんなにいい気分になったことはない。ただし、あと一時間もすれば君らの前で丸くなり、眠りに落ちる。陳腐な世の中をあざ笑ってやるにはとても……」

「いいかげん黙れよ」ピーターがやけになって怒鳴った。

「黙るものか。ぼくの天才ぶりを後世に伝えるために詳しく書き残したいと言っただろう。テープを剥がしてくれなきゃ書けないじゃないか。でも、この世に残す最後のメッセージを口述してもいい。君が筆記してくれ。なんとか手を動かして署名だけはぼくがするから」

「わかった。どこかに紙はあるのか？」

「あるよ。ぼくの後ろの小型デスクの上に。紙と万年筆が置いてある。死を前にして友人宛にひとこと書き残したいと思うやつがいるかもしれないと思ってね」

ピーターは便箋と万年筆を取ってベッド近くの椅子に戻ってきた。「用意はいいぞ」彼は険しい顔つきで言った。

「やっぱりいやだ！」そう言ってハンクは一瞬のためらいを見せた。「告白したいけれど、でも、したくもない。秘密は墓まで持っていき、世間に永遠の謎を残そうとも思うんだが……ああ、でも、自白の内容を知れば、墓からあざ笑うぼくの声がいずれ聞こえるだろうよ。君のことはよく知ってるんだ。自白書を手に入れてそれをどうするか、予言することとくらいたやすい。今夜、招待客のひとりひとりがどういう動きをするか、ぼくにはずっとわかっていたのさ。君らのことは何もかもわかっていたんだ！　どんなときも自分の好き放題にできると無邪気に思いこんでいるお人好しどもが全員ここに集まった。神学者たちがよくわめいていた自由意志とやらに振りまわされてな！　だが、君らは自由でもなんでもなく、決められたとおりに行動した。今夜のゲームで君らはひとつの例外もなくぼくの予測したとおりの動きをした。どんな状況でもそれぞれの気質に応じた反応を見せるだろうとぼくにはわかっていたんだ。もちろん、自分でこうしたいと思って行動したんだろう。心理学で運命づけられていないことは誰もやりたいとは思わないからな。ぼくがどれほど君らを憎み、今夜、君らをあざ笑ったことか。刻一刻、君らはぼくが企んだとおりに動いた。そうせずにはいられなかったからだ！」

ジーンは緊張しながら指を絡めたりほどいたりしていた。ハンクが口を閉じたところで彼女は大声で問いかけた。「どうしてそれほどわたしたちを憎むの？」

ハンクは苦々しい笑い声を放った。そして、また話しはじめた。まるで長らく胸に秘めていたことをついに話せるとばかりに、口早に、熱をこめて語った。

「なぜなら、君らは成功に酔いしれているのに、ぼくだけは仲間はずれだったからだ。おっと、口をはさむな。ここで君らを殺しておけば、ぼくはもうただのハンク・アボットじゃない。フレンチ・クォーターの道化師じゃないんだ。君らはぼくを完全に無視した。滑稽な存在であることがぼくの職業だと思っていた。君に脚本を書いたが、読みもしなかったじゃないか。おかしなハンク・アボット。華麗な女優ジーン・トレントに芝居を書こうとするなんて！　いい案を思いついたのでピーターに脚本のあらすじを伝えると、彼はそれを原案にして短編を作ったが……でも、ひとことでも礼を言ったか？　いつもの滑稽なハンクのことだから、作品に使ってもわかりっこないだろうというのか！　融通の利かないドクター・リードの大学でぼくは誰よりも近代経済学に精通していたが、しかし、ぼくはジェイスン・オズグッドの基金による寄附講座教員だったから、資本家が大衆から搾取する巧妙な策略を暴露するような講義は許されなかった。大学を訴えてもよかったんだ。シルヴィアに相談したが、彼女は鼻で笑ってぼくの耳をひねり、噴水の絵を描いていればいいんだと言った。しかも、ティムにこの話をして、ふたりだけのとっておきの笑い話に仕立てたんだ。滑稽ないつものハンク！　街で評判の遊び人……でも、君ら全員の脳みそを寄せ集めてもぼくには敵わないんだ。極上のパーティーに飛び入りで参加して気晴らしをすることさえできなかった。ぼくは場違いだとマーガレット・チザムが反対したせいでね。そうとも、みんなが寄ってたかってぼくを笑いものにしたんだ！『ハンク、あなた、魅力はあるけど、軽率よね』って。いったい何度聞かされたことか。プロの芸人を高慢にも見下して冷笑する上流気取り。君らは出世するくせに、ぼくに求めるのは気の利いた軽口だけだ。立場をわきまえてさえいれば優しくしてくれる。わかってるんだ。クソッ！　いつまでたってもぼくは下っ端のままだ。今夜集めた君ら七人のせいでな。何度も何度も踏みつけられて、ぺしゃんこにされて、君らを楽しませるほかに居場所がどこにもないとは、なんという凡庸の極みか」

「ハンク、絶対にそんなことは……」ピーターが口をはさんだが、ハンクは興奮して話を続けた。

「じゃまするな！　この話を始めたからには最後まで言わせろ。まったく、君らに面と向かって話ができて気が軽くなるよ。残る連中にも聞かせたかった。君ら全員よりぼくは有能なんだ。君らが憎かった……どれほど憎んだことか！　立場さえ同じであればぼくの力量を証明できることはわかっていた。だから、ここに集めたんだ。脱出する方法はすべて封じてある。持って生まれた優越性だけが勝負を決めるゲームを計画した。そして、ぼくが勝った。互いの頭脳を競い、ぼくが勝利を収めたが……あいにく、このみごとな構想の唯一の欠点に土壇場で君らが気づいた。なかなか気の利いた推理をしたものだな。ゲイロード・チザムに関しては君の言ったとおりだ。ジミー・ヴィッカーズはチザムに真相を打ち明けてほどなく死んだが、ふたりとも、ぼくが立ち聞きしていたことには気づかなかった。前もって声を用意しておいたのもそのとおりだ。このすべての段取りのために何年もかけて貯金してきたんだよ。もう使い果たしてしまったが、金が続いていてもこれほどの喜びは感じなかった。この大いなる実験による利益は君らに奪われてしまったが、しかし……」

「利益だと？」ピーターがしゃがれ声で言った。ピーターもジーンも、ハンクの口からほとばしる言葉をただ呆然と聞いていた。

「なんて鈍いやつだ！　今夜、あいつらの死をいち早く知って二十四時間もあればどれだけのことができるか、それすらわからない能なし相手にこのゲームが終わるのか！　頭を使えよ。夜が明けるまでにシルヴィア・イングルズビーの金庫の中身をそっくりいただけば、街の有力者の半数を恐喝できただろうに。もちろん、君らは知るよしもないだろうが、シルヴィアとティムはどこへ行くにも二個の金庫の暗証番号を半分ずつ持ち歩いていたんだが、ぼくは苦労してその数字をつきとめた。ティムの書類もシルヴィアに負けず劣らず興味深いものだったろうな。それが手に入れば市庁舎でどれだけのことができるか想像してみろよ。夜明けまでにジェイスン・オズグッドの書類を入手できれば、ぼくは木曜日には大富豪になっていたことだろう。彼は綿花市場を牛耳る出資者で、死んだからといってその価値はみじんも揺らがない。それに、ぼくのことを軽く見ていたマーガレット・チザムのひとりよがりな思いこみがなければ……」一瞬、ハンクは口を閉ざしたが、すぐに恍惚とした激情をこめて一気にまくしたてた。「とにかく、ぼくがこの街を支配できていたんだ。ぼくを拒むものは何ひとつなかっただろう。ただ出ていって、欲しいものをかっさらうだけでよかった。たったひと晩で全員を出し抜けば、君らの労力が融合した宝物庫へ足を踏み入れることができただろうに。手に入らないものは何もない。ニューオーリンズでできないことは何もない。この街がぼくにひれ伏しただろう」

「やめて！」ジーンがぞっとしたように声をあげた。

「やめるものか」ハンクは苦い口調で言い返した。「もうすぐぼくは死ぬ。死ぬんだ。そして、誰もこの街を手中に収める者はいない。友人たちが死んだというニュースを君らふたりが広めるころにはもう手遅れで、この絶好の機会を誰も活かすことができない……もちろん、君らが乗り気なら別だが」

「まさか」ピーターが静かに否定した。「そんなつもりはないね」

「だろうな。壮大な悪行には勇気が必要なんだよ、ピーター。うっ！」不意にハンクが顔をゆがめた。

「どうしたの、ハンク？」ジーンが叫んだ。

「寒けがしたんだ。だいじょうぶ……あとしばらくはもつ。さて、ピーター、ぼくの自白を書き取ってくれるかな？」

ピーターが万年筆を振ってペン先にインクを送りだした。「いいぞ。あまり早口で話さないでくれ」

「ゆっくり話そうじゃないか。書いて書いて書きまくれ。ぼくがどれほどすばらしい策略で君ら全員を欺いたか、思い知るがいい」

「始めろ」さすがに恐怖を感じているのか、ピーターの声には緊張感が漂っていた。彼は椅子を半回転させ、化粧台の上に便箋を広げた。そして、顔をあげた。

ハンクは皮肉っぽい自信を見せながらゆっくりと口述を始めた。

「みずからの手で死を迎えるにあたり、今夜、三月十五日土曜日、ぼくはここに以下の告白をしたいと思う。ニューオーリンズ市キャロンデレット・ストリートにあるビアンヴィル・ビルディング二十二階のペントハウスで、ぼくを含めた複数の男女の死体が発見されるだろうが、その死を画策し、実行に移したのはぼくである。この一連の犯罪はぼくひとりが犯したものであり、ぼくの目的を知る者はほかになく、また、犯罪の遂行を手助けした者もいない。

どうだ、書き取れているか？」

「ああ」ピーターが答えた。落ちつきのない声だった。彼はこの自白の口述筆記に妙な胸騒ぎを覚えていた。一方のハンクは余裕たっぷりに話を続けた。

「目的遂行のために手助けをした者はいないと述べたが、その意味するところは、誰も意図的に助力はしなかったということだ。しかし、ぼくが殺害した人びとの協力があったからこそ、今夜の目的は達成されたと言うべきだろう。正確には、ぼくが提供した装置によって彼らは自死したのだ。

人間とは個人の心理という不変の法則に従って個々の状況に反応するものだと、かねてよりぼくは確信している。友人たちの反応について労を惜しまずに研究すれば、いかなる出来事であれ、彼らの反応は予測可能であり、その精度は未熟な者を驚かすほどに高い。つまり、心理的反応を把握している人間を集め、彼らに影響をおよぼすいくつかの状況を事前に組み合わせておけば、どういうことが起きるか、きわめて的確に予言できる。今夜、行なったのはその証明である。招待客たちが一歩一歩、死へと向かっていくように計画した。今夜、このペントハウスに並ぶ死体は、具体的に何かはわからない功績を祝福するという匿名の電報を受け取り、自分こそ招待主の敬意に値する人物だと信じてこのパーティー会場に足を運んだ男女である。彼らが来ることはわかっていた。充分に肥大化した自尊心の持ち主を客として選んだからであり、自分は祝福に値する人間だと彼らは常に慢心しているからだ。実際に彼らは来た。そして、ドアが固く施錠され、彼らはそれぞれ破滅を目前にしてもなお抗いがたい特有の人格に誘導されて、死への道を歩んでいったのだ。ぼくは同じ内容の電報を自分にも送り、客と偽って参加した。

扉が完全に閉まるまで彼らはこのパーティーの特質に気づかなかった。電報の送り主が誰なのか気にしつつ、ラジオから聞こえる声に一夜の宴を楽しんでほしいと言われ、流れているのは招待主の声だと告げられた」

「そうだ」とピーターが応じた。ハンクがうなずいた。話しつづけるうちに彼の口調には慇懃無礼な響きが加わっていた。

「あれはぼくの声だった。技師が手を加えたとはいえ、とても単純なもので、ニューオーリンズの最高の頭脳の持ち主たちがそろいもそろって言い当てられなかったのは見ていて非常におもしろかった。だが、わかるわけがないと思っていたよ。客として選んだのは、滑稽なほど生半可な可能性のなかでキャリアを歩んできた人物ばかりで、そういう連中はわかりきったことを見落としてしまうからだ。招待主の語りを何枚かのレコード盤に録音し、このペントハウスのラジオと接続した。客たちは声にいらだち、悩まされた。声の主がわからないからこそ不快感がつのった。当然、ぼくの肉声ではなかった。冷笑的で尊大な声で、感じのよい声では決してなかった。あの声を作るために子供たちが保育園で遊ぶ小道具を利用した。ガラスのコップに向かって話したのだ。コップを握って縁の片側を口角に押し当て、反対側を少しばかり持ちあげて、コップの内側に向かって声を出すと、傲慢な脅威を含んだ幽霊のような声が出来あがる。その方法でぼくは招待主の声を生みだした」

　ハンクがふたたび口を閉じた。「しゃれてるだろう」彼は自画自賛した。「みごとな犯罪の遺物はたとえ壊れても美しい記憶を呼び覚ますものじゃないのか？　先を続けていいか、ピーター？」

「いいとも」とピーターは答えたが、不安で言葉を口にできないと言いたげな声音だった。

「ロジャー・カルヴァートという、墓石から適当に選んだ名前で、ペントハウスの直下の部屋を借り、声を吹きこんだレコード盤を再生するために三台の蓄音機を設置した。この自白書を読む者が興味を持ったならレコードを再生してみるといい。円形状に配置した蓄音機にはマイクが付属している。それぞれの蓄音機はこのペントハウスにあるスイッチで操作し、レコード盤を交換する仕組みだ。作動するマイクはひとつ。残る二個は緊急用につながっている。

　今夜、客たちが聞いたレコードを再生する蓄音機にはこの一連の機器が備えられ、各レコード盤は犯罪の進行に従って完璧な順番で次々と切り換えられていく設計だ。今回の連続殺人を企てるにあたって、ぼくは簡単な務めを果たした。劇作家が台詞《せりふ》を組み立てるのと同じで、殺人劇の脚本の台詞を考えるのは決して難解な作業ではなかった。ぼく自身がレコードに呼応して台詞のきっかけを作る役割を演じたから、場面ごとに声は正確に再生されて話が嚙み合ったのだ。

緊急用の二台の蓄音機には、問題が生じた場合に対応するレコード盤が仕込まれていた。ゲームの早い段階でドクター・リードを抹殺する必要があった場合は、それに応じた台詞が用意されていた。予定よりも早く誰かが外に通じる正面扉を突破しようとしたら、やはり矛盾がないように適切な台詞で補う仕掛けだった。これらすべての機械類は、〝南部音楽配給会社、蓄音機とラジオ。卸専門店〟という看板がドアに掛かった事務所で購入できる。棺はセントルイスで手配した。ぼくが自分で運送の手続きをしたんだ。電気工事はきわめて初歩的なものだったが、制御スイッチは別だ。成否に関わる重要な要素なので失敗は許されない。これらスイッチ類の配線作業のために専門の技師をニューヨークから呼び寄せ、友人たちに一杯食わせるためにいたずらを仕掛けると説明した。出入り口の配線工事はぼく自身で行ない、高圧線と接続した。そして、技師が仕事を終えたところで彼に扉を開けさせた。その後、正装した彼は九人めの客となり、クロゼットのドアの錠が開いたところでなかから転げでてくるという役目を果たした」

ハンクはぼんやりと視線を上に投げた。記憶の断片を正しい順に掘り起こそうとしているようだ。「さて、次に何を説明すればいいのかな？　ああ、そうだ……ピーター、書いてくれ。急いで……手が冷たくなってきている」

ピーターは痙攣《けいれん》でも起こしたように万年筆を強く振り、インクがジーンのドレスに点々と飛んだ。

「すまない」彼はつぶやいた。

「かまわないわ」ジーンは息をするのも苦しげに答えた。

「電話で斡旋所に依頼した使用人たちは、キッチンのテーブルに用意した指示書に従って行動した。これはタイプライターの試用機としてあちこちの会社で使われた古い機械を使ってタイプしたものだ。彼らは指示書に従って役目を果たしたが、ぼくの計画のじゃまにならないように手を打っておいた。仕事の見返りとして熟成した特別なブランデーを用意してあるから、彼ら自身が夕食を取るときに飲むように、と。招待客たちの配膳が終わるまではいっさい口をつけないように、執事が責任を持って目を配っていた。そのブランデーは、彼らが手にできるほかの飲み物と同様、睡眠薬が混入してあったため、彼らは眠りこけ、パーティーの夜にぼくらのじゃまをすることはなかった」

「待った！」不意にピーターが口をはさんだ。「つまり、彼らも外に出すわけか……ぼくらと一緒に？」

「そうでなかったら？　いずれ誰かがあの鉄扉を打ち壊すだろう」

「ハンク……スイッチがどこなのか教えてちょうだい！」ジーンが叫んだ。「このまじっと待っているなんて無理よ……これから何時間もここにいるなんて……」

「ぼくの口述が終わるまで待てないのか？」ハンクが不愉快そうに顔をゆがめながら言った。「ピーター、口述を進めよう。せっかく君らの手間を省いてやろうとしているのに、まだすべて話し終わってないだろう？　続けるぞ、ピーター。告白がすんだら教えてやるよ」

ハンクはもどかしそうに話を続けた。「外の扉だが、招待客全員が到着したあとでぼくがこっそりスイッチを入れ、電流を流した。ありとあらゆる逃げ道をふさいだんだ。

このパーティーの最初の死者は投資家のジェイスン・オズグッドだった。彼は自分ひとりの命を守るために同胞である客たち全員の殺害を企て、中身は青酸だと招待主の声が警告していた瓶を手にし、その外側に付着したわずかな毒物で命を落とした。もちろん、目端の利く参加者なら、全員の命を奪うとラジオを通じて宣告した殺人者が同じ部屋にいて、眼前の状況を見守っているにちがいないと気づくだろうし、出席者全員を抹殺して殺人犯までも殺してしまおうとすることぐらい、事前に予測していた。ミスター・オズグッドは真っ先にこういうことをやりそうだった。どんな犠牲を払っても自分の身の安全だけは必死に守り抜くことで悪名高い人物だったからだが、しかし、たとえほかの誰かが先手を打ったとしても、それに対応できるレコードは用意してあった。ぼくは毒薬を彼の手近に置いておいた。ミスター・オズグッドはぼくら全員を客間から出して酒を調合した。彼がキッチンに入り、カクテルグラスが並んだトレイを持って現われるところを、ぼくはパティオの出入り口からそれとなく見ていたが、ぼくのちょっとした心理学的演繹《えんえき》が間違っていなかったと知って狂喜したね。ぼくに渡されたグラスを鼻に近づけると、かすかに青酸のにおいがしたから、自分の正しさに乾杯したかったくらいだ。

死の衝動を抑えきれなかった次の参加者は、ミセス・マーガレット・チザムだった。ミセス・チザムが死んだのは、人生の関心事がひとつだけという過ちを犯したからであり、それが失敗に終わったと知ってもはや命を長らえることができなかったからだ。二十年間、ミセス・チザムは持てるかぎりの才能と金とエネルギーを注ぎこんで、自分を至高の存在とする組織を構築しようとした。だが、その基盤があまりにも脆弱であることをミセス・チザムの耳もとにささやいたとき、彼女の生きる理由は消えたのだ。たしかに彼女は心臓が悪かった。しかし、致命的な恐怖が含まれていないかぎり、いくらささやいたところで弱った心臓を止めることはできない。ぼくがマーガレット・チザムに話したのは——」

「その記録はやめましょう」とジーンが止めた。「彼女のご主人の親戚はまだ存命なのよ、ハンク」

「——非常に恐ろしい秘密だった」ハンクは肩をすくめて言い終えた。「尊大な頂点に君臨していたミセス・チザムは、その世界がひび割れていく音を耳にした。彼女をあざ笑う友人たちの声を聞いた。新聞の一面に躍る神聖不可侵な自分の名前を見た。ゲイロード・チザムの未亡人という高貴にして揺るぎない存在の破滅をその目で見たのだ。こうしてミセス・マーガレット・チザムは死んだ。彼女が死を望んだからだ。

ティム・スレイモンとミス・シルヴィア・イングルズビーもミスター・オズグッド同様、みずから死を選び、ぼくが直接に手を下すことはなかった。勇気について大言壮語する癖のある多くの男たちと同じように、ミスター・スレイモンはたやすく恐怖に駆られる——あっさりと。明快な論理で事態を分析し、身の危険を感じるような状況から大した不都合もなく逃げおおせるが、その前に一瞬だが恐怖のどん底に陥る。

彼のこの特徴と、興奮したときに椅子の脚部に足を絡める癖を覚えていたので、花柄の椅子の肘掛けと各脚に注射針を仕込んだ。ミスター・スレイモンの自宅の居間にある椅子と似たようなもので、いずれはそこに腰をおろすだろうとぼくは確信していた。強い緊張にさらされると、見慣れた感じの家具でさえ一種の安心感を与えてくれるものだ。ミスター・スレイモンがその椅子にすわったところで、次に死ぬのはミスター・スレイモンだと招待主の声が告げるレコードをかけた。そして、照明のスイッチを切った。ミスター・スレイモンは驚愕し、いつもどおりの動きをしたため、複数の注射針から多量の毒が血中に流れこんだ。明かりをつけて彼の死を見届けると、レコードを再生して招待主の発言を続けた。

奇妙に聞こえるかもしれないが、ミスター・スレイモンの死でミス・イングルズビーは激しく動揺した。彼女の輝かしい人生で一度たりとも見せたことのないパニックだった。しかしながら、耐えがたい状況に対する自然な反応を長く抑えれば抑えるほど、極度の緊張を強いられた瞬間に一気にダムが決壊する可能性は高くなる。今夜の出来事でミス・イングルズビーは相当に神経をすり減らしたが、ミスター・スレイモンが死んであと少しで限界に達しそうだったので、ぼくは気が動転したふりをし、彼が死んだのは彼女のせいだと責めたてて圧力をかけた。法の枠を超えた策略で彼女は名高いが、その記憶を刺激し、自制心が摩滅する瞬間を見計らって招待主の声を流した。ついに彼女は冷静さを失い、触れただけで感電死すると事前に警告しておいた外の鉄扉に向かって突進した。こうなるとぼくにはわかっていたが、ミス・イングルズビーは自殺したのだ」

「なんて恐ろしいことを！」ジーンが体を震わせた。

「どこが？」ハンクが問いただした。「起きたとおりに語っているだけだ。さあ、次だ、ピーター」

「ドクター・マレイ・チェンバーズ・リードは、招待主の企みを妨げる方法が見つかったと、彼特有の自己満足をひけらかしながら声高らかに言った。ぼくとしても認めざるをえないが、ドクター・リードが披露したいくつかの心理学的推論は真相にかなり迫っていたので、ぼくが震えあがったとしてもおかしくない。ただし、ドクター・リードの頭は昔ながらのオーソドックスな思考法に固執していて、たとえ謎を解く究極の答えを手に入れるためであっても不慣れな方向性に逸脱することはないと、ぼくは確信していたんだ。

　今夜起きた殺人はどれも被害者自身がなんらかの形で犯人を手助けしていると、ドクター・リードはさすがの観察眼を示し、だからこそ朝までへたに動かずじっとしているつもりだと言った。ぼくはすでにドクター・リードの死を計画していたが、その浅はかな発言を聞いて今がそのときだと思った。ぼくは照明を消し、すわっていた椅子の背後から二挺のターゲットピストルを取りだした。前もって隠しておいたものだ。暗闇のなかで両手に一挺ずつ持ち、片方でドクター・リードに狙いをつけ、もう片方は後ろの窓に向けて同時に発砲した。

どちらの銃にもマキシム・サイレンサーを装着していた。銃身が長いので閃光も抑えられる。一方に装弾したのはアルミニウムの弾丸で、火薬の量も少なかった。アルミニウムの弾丸がこめかみをかするような位置に左手の拳銃の銃口を当て、背後の窓ガラスを撃ち抜いた。

すばやく二挺の銃をハンカチで拭いて指紋を消し、元の隠し場所に戻して明かりをつけた。その結果、当然ながらドクター・リードは窓の外から撃たれたように見えた。ご覧のとおり、ドクター・リードは生きているときと同じような格好で死んだのだ——じっとすわったままでね」

ハンクが言葉を切った。

「なんてひどいことを！」ジーンが声をあげた。

ピーターは震える手で万年筆を握りしめた。「これで全部か？」

「だろうね。ああ、全部だ。目新しい基準に照らし合わせても類いまれな才能は証明できたと思う。ピーター、君は……」

「やめろ！」ピーターは我慢できなくなったようにいきなり叫んだ。「これで終わりだ……不愉快きわまるおまえのたわごとはもうたくさんだ。さっさとこのおぞましい書類に署名しておしまいにしろ」

ハンクが耳障りな乾いた笑い声を放ってピーターをさえぎった。

「やけに急いでるんだな、ピーター」

「ああ、そうだとも。これで終わりだ。この自白書に署名しろ、ハンク！　でないと、この剣を突き刺すぞ」ピーターは両腕を伸ばし、万年筆と書類を突きつけた。ミイラのように絆創膏でぐるぐる巻きになったハンクは、意地の悪い目つきで体を揺らすほどに大笑いした。

「署名しろだと、この愚か者！　署名なんか誰がするものか。ぼくがするとでも思っていたのか？　本当におまえはお人好しの大バカだな。ぼくが口に入れたのはほんのわずかのタルカムパウダーだ。そして、おまえは三十秒後に死ぬ。その手で書いた自筆の告白書を持ってな」

11

一瞬、ピーターは目をみはり、突然に襲いかかってきた恐怖に凍りついた。室内がぐるぐるまわっていた。にやついたハンクの不快な顔と怯えきったジーンの目が、まるでいびつな窓ガラスごしに見るようにぼやけていた。そのとき、右手に強い一撃を感じた。万年筆が音を立てて床に落ち、ハンクがうなり声をあげて勢いよく立ちあがった。

「ピーター、彼を押さえて！」この混乱のなかでジーンが悲鳴をあげ、ほとんど反射的にピーターがハンクの不自由な体に躍りかかった。一瞬、ふたりは揉み合い、絨毯に転がった。ハンクは必死に抵抗し、縛られていながらも驚くべき力を振り絞ったが、ついにピーターがハンクの胸に片膝をついて押さえこむと、興奮で紅潮した顔をあげ、荒い息をついた。

「ジーン！　どこにいる？」と彼は大声で言った。

「ここよ」ジーンが答えて前に進みでた。その震える手や疲労で黒ずんだ目の下の隈にピーターは初めて気づいた。「ピーター、あなた、だいじょうぶ？」

床に倒されたハンクが首だけ傾けた。

「そういうこざかしいおせっかい女はだいじょうぶなのかな？」

「黙れ！」ピーターが怒鳴りつけた。

「なんだと？　黙っていられるか。この女がよけいな手出しをしなければ、今ごろおまえは息絶えていただろうに」

「じゃあ、やっぱりあの万年筆だったのね！」ジーンが勝ち誇ったように叫んだ。

「おい、ピーター」ハンクが苦しげに声を出した。「その膝をどけてくれないか？」

「いやだね」

「彼にはもう何もできないと思うわ」とジーンが言った。「今のが最後のトリックだったのよ。でなければ、これほど本気で怒ったりしないでしょう」

「トリックって、なんの？」ピーターは顔をしかめつつ、告白書の筆記を終えてからすでに三十秒以上がたち、それでもまだ自分が生きていることに、ようやく気づいた。

「万年筆よ、ピーター。あなたって、真剣に考えているとき、いつも万年筆の頭を嚙む癖があるから」

「ああ、それはわかってる。無意識にやってしまうんだ。いつもだ。まさか……この呪われた家でぼくは何も嚙んじゃいないよな?」

「嚙んでないさ」ハンクが重苦しい口調に悪意と皮肉をこめて言った。「だが、あと少しのところだった」

「わたしがあなたの手からたたき落としたのよ」ジーンが説明した。「今にも嚙みそうだったけど。あなたはハンクのせいで動転した。当惑してしまったのね。それで、ふとひらめいたのよ……今夜、彼がずっとやっていたのは、こういう習慣や癖を利用することじゃなかったのか、って」

「君はすごいな」ピーターがゆっくりと答えた。

「ああ、すごい」ハンクがつぶやいた。「もしピーターが万年筆を嚙んでいたら致死量の青酸が口から入って絶命し、今ごろは君とぼくだけになっていたはずだよ、ジーン」

「そして、わたしを殺すつもりだったのね」ジーンが身震いした。

「そのとおり。君をヒステリーに追いこむのは簡単だろうし、たとえシルヴィアのように死の扉に突進しなかったとしても、ぼくはあの剣をどうにか膝のあいだにはさんでテープを切り、君を絞め殺してやっただろうよ。あとは、残りのテープを剝ぎ取って、オーバーを羽織って出ていくだけさ。しかし、君は頭の切れる女だな、ジーン」

「実に賢い！」ピーターの顔に笑みが広がった。「なあ、ジーン、今夜、ぼくらはお互いに命を救ったんだな」

ジーンは微笑を浮かべて応じたが、不意にハンクへ顔を向けた。「ハンク、あなた、どうしてわたしを殺したかったの？」

「べつに動機はないさ。動機なき殺人が加わってミステリーの完成だ」

「なんてことを」ピーターが声を洩らした。

ジーンは床に横たわるハンクに一歩近づき、緊張した声で言った。「ハンク、もうわたしたちをここから出してちょうだい」

「いやだ」

「なんだって？　この期におよんで拒むのか？」ピーターが声を張りあげた。

「ああ。君らふたりを解放して警察に駆けこまれるのはいやだからね。そもそも、ここに寝っ転がってるほうが楽しいじゃないか。ピーターに押さえつけられて身動きできないが、君らだって途方に暮れてお手あげ状態なんだからぼくと変わらないさ」

ピーターがゆっくりと前にかがみこみ、ハンクの告白を書き取っていた万年筆を慎重に手に取った。

「ハンク、ぼくらはいずれは救出される。そうなれば君は絞首刑だ」

「そうだな」ハンクが軽くうなずいた。

「ジーンとぼくがふたりそろってヒステリーを起こす前にこのペントハウスから解放してくれれば、ひとつだけ君にとってもいいことがある。つまり、君がこの万年筆の頭を噛めるということだ」

ピーターの膝の下でハンクがかすかに身動きした。少しの間を置いて彼が口を開いた。

「出ていく前に万年筆をくれるのか？」

「扉が開けばすぐに」

ハンクが考えこんだ。「妥当な取引だな」ようやく彼は答えを出した。「絞首刑にはなりたくない。裁判は面倒だし、結審までずいぶん時間がかかるだろう。万年筆をぼくにくれ」

ピーターは首を横に振った。「正面扉に流れる電流はどうやって切るんだ？」

「スイッチはふたつある。ひとつは客間に、もうひとつは外の扉の近くに。シルヴィアが死んだとき、外のスイッチを使って電気を切ったんだ。壁の石材の隙間にある小さな灰色のつまみだ。扉のすぐ右側にある。そのつまみを押しこめばいい」

「ハンク、おまえがやれ」

「こうなってもぼくを信じないんだな。その万年筆をぼくの手に握らせて、正面口まで連れていけ」

「わたしが行くわ」思いがけずジーンが口を開いた。「本の角を使うから……じかにつまみに触ったりはしない。ちょっと待ってて」

彼女は小走りに出ていった。ピーターは依然としてハンクを押さえつけ、毒入り万年筆を彼の手の届かないところに遠ざけながらジーンを待った。

「あったわよ」ジーンが戻ってきた。「もう外に出て本当にだいじょうぶなんでしょうね、ハンク？」

「ああ、誓ってだいじょうぶだ。さあ、ピーター、その万年筆をよこせ」

ピーターはおもむろに立ちあがった。万年筆を手に持っていた。「ハンク、一緒に来て扉を開けるんだ。そうしたら、これはくれてやる」

ピーターはハンクをなかばかかえ、なかば引きずりながら、パティオの外の扉に向かった。ジーンがあとから続いた。ハンクは戸口に立って壁に寄りかかり、ゆがんだ笑みを浮かべた。ジーンがパティオごしに外を見渡した。

「もう朝だわ」と彼女は言った。

彼らは空を見あげた。屋根の上には黄金色の雲が扇状に広がり、その先の空は鮮やかな青緑色に染まりはじめていた。ピーターとジーンはあらためて視線を交わした。ハンクの目はパティオと死の残骸に注がれていた。

「扉を開けろ、ハンク」とピーターが命じた。

「え、なんだって？　すまない。ちょっと郷愁に浸っていたんでね」

ハンクはピーターに支えられてドアノブに手を伸ばした。そして、縛られた手首をひねり、ドアノブをつかんでまわした。鉄扉が大きく開いた。ジーンがすばやく外に出た。ピーターも続きつつ、万年筆を握っていた手をゆるめ、ハンクがそれをつかんだ。ピーターとジーンは、狭いホールや階下のエレベーターに通じる螺旋階段に目をやった。この階段をのぼってペントハウスに来て以来、何ひとつ変わっていないことが不思議に思えた。

振り返ると、ハンクは依然として壁にもたれていた。彼は奇妙な微笑をふたりに向けた。そして、手に顔を近づけていく。万年筆の頭を慎重に噛んで何かを飲みこんだ。

扉が閉まった。

〈解説〉「恐るべき『子供』たち」の系譜

三門優祐（クラシックミステリ研究家）

二〇二一年八月、アマゾンのウェブサイトで洋書の新刊チェックをしていた際に、とある本に目が留まった。「アガサ・クリスティーの『そして誰もいなくなった』にインスピレーションを与えたかもしれない？」という惹句が書かれたその本こそ、本作『姿なき招待主《ホスト》』*The Invisible Host* の復刊本である。

この本を刊行したディーン・ストリート・プレスは、手軽なペーパーバックと更に安価な電子書籍で、マニアックなクラシックミステリを復刊して評価を高めてきた新進の版元。オリジナルのジャケットを生かした表紙イラストは、高層ビルに這い上る不気味な怪物を描いたもの（本文庫裏表紙に掲載されているので、ぜひご覧ください）で、インパクトのあるレタリング文字も含めて雰囲気はバッチリ。これは話題になりそうだ、とすぐに予約したのを記憶している。

十月末に到着したペーパーバックをすぐに読み始め、数日と掛からず読了した。その時の感想は一言。「なぜこれほどの本が今ではすっかり忘れられている（今や復刊されて気軽に手に取れるようになったのだから、「忘れられていた」と言うべきか）のか」であった。

それから約二年の年月が流れ、ついに扶桑社ミステリーから翻訳版が刊行されることになった（※）。非常に読みやすくサスペンスフル、完成されたエンターテインメントである本作は、「読めば分かる」作品で本来野暮な解説など不要だろう。とはいえ折角機会をいただいたので、本解説では本作が「ミステリの歴史」の流れの中でいかなる位置づけに置かれるべきか、改めて整理してみることにしたい。

※ 扶桑社ミステリーでの刊行以前に、二〇二一年、綺想社という版元から『姿なき祭主』という題で私家本が少部数刊行されている。

1　夫婦作家の誕生と転機

本邦初紹介ということもあるので、ブリストウとマニングの作家コンビについて、ミステリ評論家にして歴史家であるカーティス・エヴァンズが執筆したディーン・ストリート・プレスの復刊本の序文を参考に、経歴を以下まとめてみよう（序文全文は本文庫巻頭にも収録されています）。

グウェン・ブリストウ（一九〇二〜八〇）とブルース・マニング（一九〇二〜六五）は、ともにルイジアナ州ニューオーリンズで新聞記者として活動した夫婦である。特に妻のブリストウは、ルイジアナ州の一流紙『タイムズ・ピカユーン』に務め、犯罪事件の報道に携わっていた。夫妻が結婚後に暮らした新居にて「大音量でラジオをかける隣人に悩まされ、いくら苦情を訴えても無視されるため、鬱憤晴らしに厄介な隣人を殺害する手段を考案した」ことから、本作は生み出されたとエヴァンズは書いている。

出版エージェントに送られ、一九三〇年四月に受理された本作の原稿は、出版されないうちから『九番目の招待客』（※1）という題名で舞台化されることが決まった。オーエン・デイヴィスという多作な脚本家によって脚色され、一九三〇年八月二十五日にブロードウェイの劇場で公開された『九番目の招待客』は、公演数七十二回とごく限られた成功に留まったものの、全米各地の小規模な劇場ではヒット作となり、今日でもなお上演されている。公演終了後の十一月、ブリストウとマニングの原稿はついに、『姿なき招待主《ホスト》』の題で「ミステリ・リーグ」から刊行された。

この「ミステリ・リーグ」は一九三〇年六月から三三年初頭というごく短い期間のみ存続した版元で、三十作の長編小説、またエラリイ・クイーンが編集に携わり、全四号とこれも短命に終わった雑誌『ミステリ・リーグ』（この四号を抜粋・編集したものが論創海外ミステリから上下二冊で刊行されている）を世に送り出した。全米に店舗を展開する「ユナイテッド・シガー・ストアーズ」と提携した「ミステリ・リーグ」の作品は、当時人気を博していた「ダブルデイ・クライムクラブ」の四分の一、わずか五十セントで販売された。

『姿なき招待主《ホスト》』は、その優れた内容、また巧妙な宣伝戦略により大成功を収める。そして予想を遥かに上回る収入を得たブリストウとマニングは新聞記者の職を辞して専業作家となった。しかし、第二作以降の売り上げが見込みを下回ったこと、また世界恐慌の影響を受けて「ミステリ・リーグ」が解散したことで、二人の人生の見通しは大きく混乱してしまった。

転機が訪れたのは、コロムビア映画が『姿なき招待主《ホスト》』の映画化権を買い取り、マニングをハリウッドに招聘した時である。ロイ・ウィリアム・ニール（※2）が監督した *The Ninth Guest*（一九三四）には、「オーエン・デイヴィス作、ガーネット・

ウェストン脚本」のようにマニングではない別の脚本家がクレジットされたものの、彼はこの後、コロムビア映画と複数年の契約を結び、脚本家として成功する。

ブリストウもまた、マニングとともにハリウッドに居を移し、マーガレット・ミッチェル『風と共に去りぬ』（一九三六）の流れを汲む歴史ロマンス小説を書き始めた。一九三七年から四〇年までの間に、彼女は「プランテーション三部作」と呼ばれる作品を著し、ベストセラー作家になっている。

このように、ブリストウとマニングの二人は、ミステリの分野から出発したものの、最終的には異なる分野でその才能を開花させることになったのであった。

※1：国書刊行会《奇想天外の本棚》より二〇二三年九月に刊行されている。
※2：ロイ・ウィリアム・ニールは、ベイジル・ラスボーン主演のシャーロック・ホームズ映画を多数監督していることで、現在では記憶されている。

2 『姿なき招待主《ホスト》』とはいかなる作品か

※以下では物語の内容に触れます。ご注意ください。

「おめでとう／ピリオド／今度の土曜日八時／ビアンヴィルのペントハウスであなたのためにちょっとしたサプライズパーティーを計画中／ピリオド／内輪の豪華な集まり／ピリオド／秘密厳守／ピリオド／ニューオーリンズでもかつてない独創的なパーティーをお約束します／招待主より」

ニューオーリンズ市の八人の男女に届けられたこの電報によって物語の始まりが告げられる。社交界の中心人物であるマーガレット・チザム、大学教授のマレイ・リード博士、実業家のジェイスン・オズグッド、新聞記者にして劇作家のピーター・デイリー、辣腕（にして悪徳）弁護士のシルヴィア・イングルズビー、政治家のティム・スレイモン、ディレッタントとして知られるハンク・アボット、そして映画スターのジーン・トレント。選りすぐりの招待客八人が真新しい高層マンションの最上階にあるペントハウスで顔を合わせたときには、既に「死のゲーム」の幕は開いていた。

夜十時、姿を現さぬまま、室内に置かれた大型のラジオ機器を通じて一同に語り掛け始めた「招待主」は、独創的で愉快なゲームを提案する。入ってきた扉は、既に高圧電流によって封鎖されている。趣向を凝らした殺人装置によって殺されるか、あるいは知恵を絞って朝まで生き延びるかだ……と述べた「招待主」は、「十一時までに君らのうちの一人が死ぬだろう」、「最初に死ぬ者はこのなかで最も生きるに値しない人物だ」と宣言するのであった……

本作の特徴としては、以下のような点が挙げられる。すなわち、

① 大都会の真ん中であるにもかかわらず、外部に救援を求められない孤立した空間が舞台で、
② 豪華絢爛な上流階級の人士を主要登場人物として、
③「見せつける」かのような実に悪趣味な「殺戮ショウ」が繰り広げられ、
④ 予想もしない展開から意外な結末に雪崩れ込む

このようにとことん人工的に作りこまれた本作は、ヴァン・ダインの『僧正殺人事

件』（一九二九）、エラリイ・クイーンの『Yの悲劇』（一九三二）のような、二〇年代末から三〇年代初頭に書かれたアメリカの、いわゆる「本格ミステリ」の流れに連なる作品である。特に犯人の造形には、前年発表された『僧正殺人事件』の、神の如く振る舞う殺人者「僧正」の影響が大きいと見て間違いない。

高山宏は「終末の鳥獣戯画」（『殺す・集める・読む』（創元ライブラリ）所収）で『僧正殺人事件』を取り上げてこう書いている。

「自分を神だと思い込む狂気を神狂病《テオマニア》というが、この種の狂気はヴァンスも言うように「小児的精神傾向」の表現である。頭デッカチのまま大人になってしまって、人間関係や因果関係、ようするにまともな大人の世界を成立させている関係性一切をあずかり知らぬ甘やかされた子供なのだ。」（前掲書、二二一ページ）

高山はここから「超道徳的」な殺人者がマザー・グースを自らの殺人事件のモチーフとして選んだ理由を説明していくが、この論は大枠において『姿なき招待主《ホスト》』の犯人についても当てはまる。殺人者はフェアで知的な勝負を望むと宣言し、「ゲーム」

の出題側と回答側、いずれが知恵に勝るかを競おうと述べる（犯人が繰り返し用いる「こちらWITS放送局」という言葉は「知恵《ウイッツ》」を踏まえたものである）。しかし「ゲーム」の実態は、回答側の人物の弱みを突いて自ら破滅を選ばせるかのような代物であって、論理的ではあってもフェアなものではない。招待客たちは殺人者の振りかざす幼稚な「道徳」＝「正しさ」に裁かれて、次々に殺されていく。そこには確かに、アガサ・クリスティー『そして誰もいなくなった』の犯人の「正しさ」に通じる部分があるだろう。

この「子供っぽさ」というのは、終盤殺人者がベラベラと語る支離滅裂な「動機」と不可分ではない。「ニューオーリンズの中でも、とりわけ優れた男女に勝つことで自分の優秀さを証明したい」、「不道徳な人間を皆殺しにする道徳の守護者として振る舞いたい」、「重要人物が死んだ後に生ずるだろう様々な利益を独り占めしたい」……この抜け目ないようでいて、その実思いついたことをただ口にしているかのような一貫性のなさこそ殺人者の幼児性の現われだ。窮地に追い込んだ標的の行動を完璧に予測し、用意した罠で確実に命を奪う冷徹な知性を備えながら、同時に己の幼児性にも振り回されるというその双面神性《ヤヌス》は、本作の殺人者が紛れもなく「僭正」の系譜を継ぐ者である証左だ。

3 『姿なき招待主《ホスト》』とメディアミックス

ほとんど怪奇小説のような強烈なサスペンス性と次々繰り出される斬新な殺害方法、そして殺人者の意外な正体によって、本書が読者の注目を集めたことは既に述べた通りである。しかしその犯人像は、必ずしも広く大衆に受け入れられるものかどうかは分からない、むしろ難しいかもしれないと考えられた節がある。というのは、戯曲『九番目の招待客』のシナリオを読み、またそれを元にした映画 *The Ninth Guest*（著作権保護が終了しており現在 YouTube にて無料で公開されている）を鑑賞するとその中では、ここまで説明してきた「殺人者の幼児性」が段階的に削除されていることが分かるからだ。

書籍版と戯曲版・映画版との違いは、考え抜かれているが、分かりやすいアクションには乏しい第二・第三の死のシーンに特に現れている。第二の死は、（第一の死の際に作られた）青酸カリ入りのカクテルを秘密を暴露されそうになった被害者が自ら飲み干すものに（だが、素知らぬ顔で手紙を音読するのは殺人者だ）、第三の死は、その後第四の被害者となる人物が拳銃を誤射するというものに（だが、取り押さえようとしつつ、逆に第三の被害者へと狙いを付けているのは殺人者だ）それぞれ改変されている。その改変自体は納得できるものだが、殺人者が終盤暴露する「動機」の中で、これらの死を含む殺人の裏には「怨恨・復讐」という目的があったと述べるのには衝撃を受けた。殊に映画版では、「実は自分は○○○○○○の親戚で～」とまで盛り込む始末。更に、書籍版のラスト、殺人者が延々とごねることで、残った二人を罠に嵌めようとする部分は削除された。もちろん「八人の招待客がペントハウスに集められ、次々殺される」という全体の骨組みは変わっていないけれど、「殺人者の幼児性」という作品の核、読者に真に恐怖を呼び起こす部分は根こそぎにされてしまっている。

舞台化、映画化にあたって尺の都合を考えなければならないのは当然だし、視覚で伝わりにくい部分をカットし、必要に応じて差し替える必要があるのも理解できる。だが、作品の本質を落としてしまうのはイケナイ。結果としてその後本作は再発されることなく、カルト的な作品として時折言及される以外は、不当にも九十年間忘れ去られることになった。二人の作家に転機を与えたメディアミックスが、逆に作品の命脈を絶った、と言っては皮肉が過ぎるだろうか。

4 『姿なき招待主《ホスト》』と作家たちの再評価

先に述べた通り、グウェン・ブリストウとブルース・マニングは本作以外にも三作の長編を発表している。ディーン・ストリート・プレスが本作と併せてそれらの作品を復刊してくれたおかげで、この作家の全体像を伺い知ることができるようになった。

第二作の *The Gutenberg Murders*（一九三一）は、ニューオーリンズのシェルドン図書館が主な舞台。本物のグーテンベルグ聖書のページを九枚所蔵していることがこの図書館の自慢であったが、その宝物が金庫から盗まれたのがきっかけで、館内に不穏な空気が漂い始める。図書館長であるプレンティス博士と、聖書のページは偽物だと主張する高額寄付者アルフレード・ゴンザレスの対立が激化する中、酒色に耽る資金を確保するために、図書館の蔵書を売り飛ばしているとも噂される副館長クェンティン・ウルマンが焼死体となって発見されるに至って、地方検事のダン・ファレル、ニューオーリンズ警察殺人課のマーフィー警部、特別捜査官に任命された新聞記者のウェイドは殺人事件の捜査に着手する。

第三作の *Two and Two Makes Twenty-Two*（一九三二）は、一転、メキシコ湾に浮かぶパラダイス島を舞台とする作品。島に台風が迫る中、リゾートホテルには、アメリカ本土への麻薬の密輸を捜査している連邦捜査官三名を含む数名が居残っていた。ところが捜査官の一人が殺害され、しかも現場近くにいた容疑者全員に動機があることが判明する。同じく捜査官の一人ディリンガムの祖母で、ホテルに滞在していたデイジーが素人探偵となり、殺人事件の謎に挑む。ちなみに奇妙なタイトルは、「男の人は2足す2は4だと決めつけるけれど、2と2を組み合わせたら22にもなる。こういう自由な発想が大事なの」というデイジーの言葉にちなんでいる。

第四作の *The Mardi Gras Murders*（一九三二）は、第二作に登場したファレル、マーフィー、ウェイドの三人が再登場するが、主に捜査パートを担うのはウェイドである。ニューオーリンズで盛んに行われるマルディグラ・カーニバルをテーマにした作品で、悪魔の仮面を被って祭りに参加する秘密グループの中で起こった連続殺人事件が取り扱われる。

第二作、第四作は、「警察の捜査と素人探偵による謎解き」というベースラインに沿って作られており、ヴァン・ダインやエラリイ・クイーンの初期作を思わせる。本作と同じように、丁寧な筆で緻密に描き出したニューオーリンズの街は美しく、登場人物同士の丁々発止の掛け合いも楽しい。

第三作は老婆素人探偵を軸にしたミステリだが、謎解きミステリとしてフェアでない（ヒントを探偵役が隠しているなど）部分が多々見られるのが難。しかし、人工的な舞台設定や限られた登場人物が疑い合う構成が向いていたのか、サスペンス小説としては及第点を与えられる。

これらの作品は、完成度という点では『姿なき招待主《ホスト》』に及ばないものの、別分野とはいえ後に大成した作家たちだけに、高水準で楽しめるものに仕上げられていた。

本作のように、刊行当時から数十年の間忘れられたままになっている作品は、おそらくまだ沢山存在していることだろう。いつかそれらの作品が紹介され、また日本でも翻訳されて気軽に手に取ることができる時が来ることに期待したい。

◉訳者紹介　**中井京子**（なかい　きょうこ）
立教大学大学院博士前期課程修了。英米文学翻訳家。
主訳書：『コンドリーザ・ライス自伝』(扶桑社)、メイナード『夏の翳り』(ハーパーコリンズ・ジャパン)、コッタリル『渚の忘れ物』(集英社)他、多数。

姿なき招待主《ホスト》

発行日　2023年12月10日　初版第1刷発行

著　者　グウェン・ブリストウ&ブルース・マニング
訳　者　中井京子

発行者　小池英彦
発行所　株式会社 扶桑社
〒105-8070
東京都港区芝浦1-1-1 浜松町ビルディング
電話　03-6368-8870(編集)
　　　03-6368-8891(郵便室)
www.fusosha.co.jp

印刷・製本　株式会社広済堂ネクスト

定価はカバーに表示してあります。

ISBN 978-4-594-09470-6　C0197